여기는 모든 새벽의 앞

KOKO HA SUBETE NO YOAKE MAE
ⓒ 2024 Kai Mamiya

This book is published by arrangement with Hayakawa Publishing Corporation
through Imprima Korea Agency

이 책의 한국어판 저작권은 Imprima Korea Agency를 통해
Hayakawa Publishing Corporation과의 독점계약으로 다산북스에 있습니다.
저작권법에 의해 한국 내에서 보호를 받는 저작물이므로
무단전재와 무단복제를 금합니다.

여기는 모든 새벽의 앞

마미야 가이 소설
최고은 옮김

ここはすべての
夜明けまえ

일러두기
- 이 소설의 주석은 모두 편집자 주입니다.
- 원서에서 '나'의 이름은 명시되어 있지 않고 빈칸으로 되어 있습니다. 작가의 의도를 반영해 해당 부분은 (　　)로 표기했습니다.

차례

한국어판 서문	*006*
1	*013*
2	*091*
3	*137*
옮긴이의 말	*148*

한국어판 서문

저에게는 손과 발이 각각 두 개씩 있습니다. 손과 발에는 제각기 다섯 손가락과 발가락이 달려 있고, 그 끝에는 빠짐없이 손발톱이 자라 있습니다. 저는 컴퓨터 앞에 앉아 손가락으로 키보드를 두드려 소설을 씁니다. 그동안 발은 책상 아래에서 흔들거리며 독특한 리듬을 만들어냅니다. 둘 다 아주 소중한 제 몸의 일부입니다. 하지만 저에게서 뻗어 나온 손과 발을 바라볼 때면 가끔 기묘한 감각에 빠집니다. 이것들이 정말로 나일까? 손톱을 빛에 비춰 보거나 하면 더욱 혼란스러워집니다. 왜 이런 것들이 저에게서 자라난 걸까요. 손발은 항상 제 의지와 제 뇌가 내리는 명령에 따라 움직이고 있을 텐데, 바라보다 보면 각각 독립된 기관 같기도 하고 별개의 생물 같기도 한 기분이 들 때가 있습니다.

눈에 보이지 않는 내장 같은 것은 저에게서 분명히 독립된 기관이라고 말할 수 있을 것입니다. 열 살 겨울, 노로바이러스에 감염되어 몇 번이고 구토했던 일이 선명하게 기억납니다. 저는 저의 내부에서 꿈틀거리는 위장은 저 자신이 아니라는 것을 완전히 깨달았습니다. 제 몸속에는 제가 감당할 수 없는 무언가가 존재한다는 사실을, 그리고 그 감당할 수 없는 무언가가 저를 괴롭힐 수 있다는 것을 자각한 순간이었습니다. 그 일 이후로 저는 신경질적으로 손을 소독하게 되었습니다. 그 탓인지 다른 사람들보다도 손의 피부가 얇아져서 항상 자잘한 피부 조각이 벗겨지고 떨어져 나가게 되었습니다.

정신과 육체가 완전히 분리된 지 꽤 오랜 시간이 흘렀습니다. 저 자신은 이 이야기에 나오는 것 같은 환경에서 자란 것은 아니지만, 다른 종류의 문제를 가진 가정에서 태어났습니다. 어린 시절의 저는 정신을 공상과 이야기의 세계로 도피시켰습니다. 깨어 있는 동안, 겉으로는 현실 세계에서 생활하면서 머릿속에서는 다른 세계를 만들어내고 그곳에 줄곧 틀어박혀 있었습니다. 그러한 까닭에 저는 성장한 지금도 현실을 살아가는 저의 몸이란 무엇인지 잘 모르겠습니다. 그리고 이걸 쓰고 있는 손가락도 문득 매우 기분 나쁜 존재처럼 느껴져서, 심할 때는 잘라버리고 싶은 충동에 사로잡히곤 합니다.

이 서문을 쓸 때 한국의 편집자에게서 이런 질문을 받았습니다.

'선생님은 이 작품에서 주인공을 통해 인간을 어떤 존재로 정의하고 싶었는지 알고 싶습니다.'

매우 흥미로운 질문이었고 곰곰이 생각해 봤지만, 아무리 고민해도 이거다 싶은 답을 찾을 수가 없었습니다. 왜냐하면 저는 인간을 어떠한 존재로 정의하고 싶어서 이 이야기를 쓴 것이 아니기 때문입니다.

2020년 2월 9일, 영화사에 영원히 기억될 명작 『기생충』이 미국 아카데미상의 여러 부문에서 수상했습니다. 그중 감독상을 수상한 봉준호 감독의 소감이 지금도 마음에 새겨져 있습니다. 그는 젊은 시절 영화를 배우고 있을 때

가슴에 새겼던 문장이 있다며, 마틴 스코세이지의 말을 인용했습니다.

The most personal is the most creative.

이 소설은 수많은 우연과 만남, 모든 과정을 거친 결과로써 제게 매우 개인적인 일을 그린 이야기가 되었습니다. 이렇게 여행한 끝에 바다를 건너 한국 독자 여러분을 만날 수 있게 되어 무척 기쁩니다. 즐겁게 읽어주시면 좋겠습니다.

마미야 가이

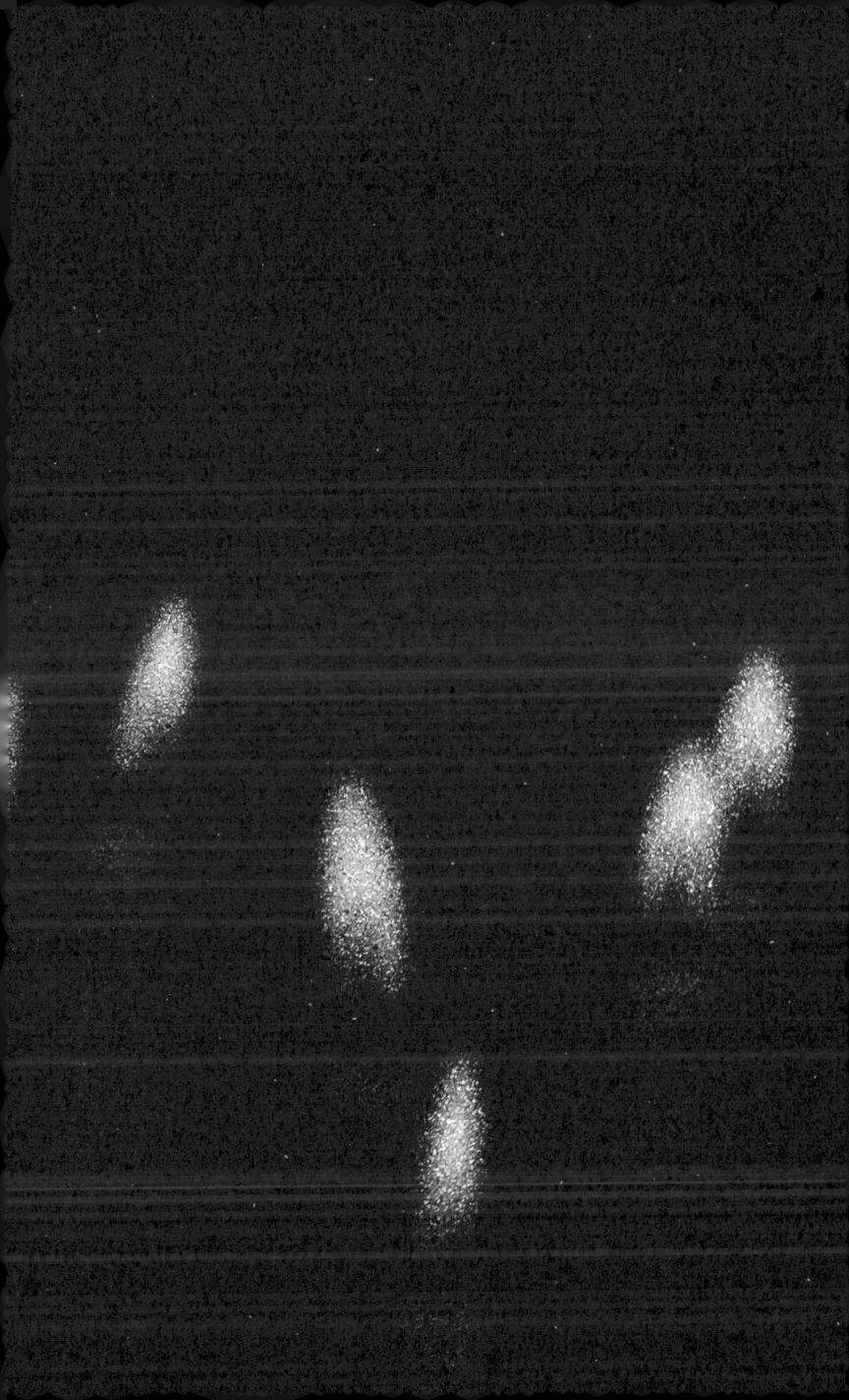

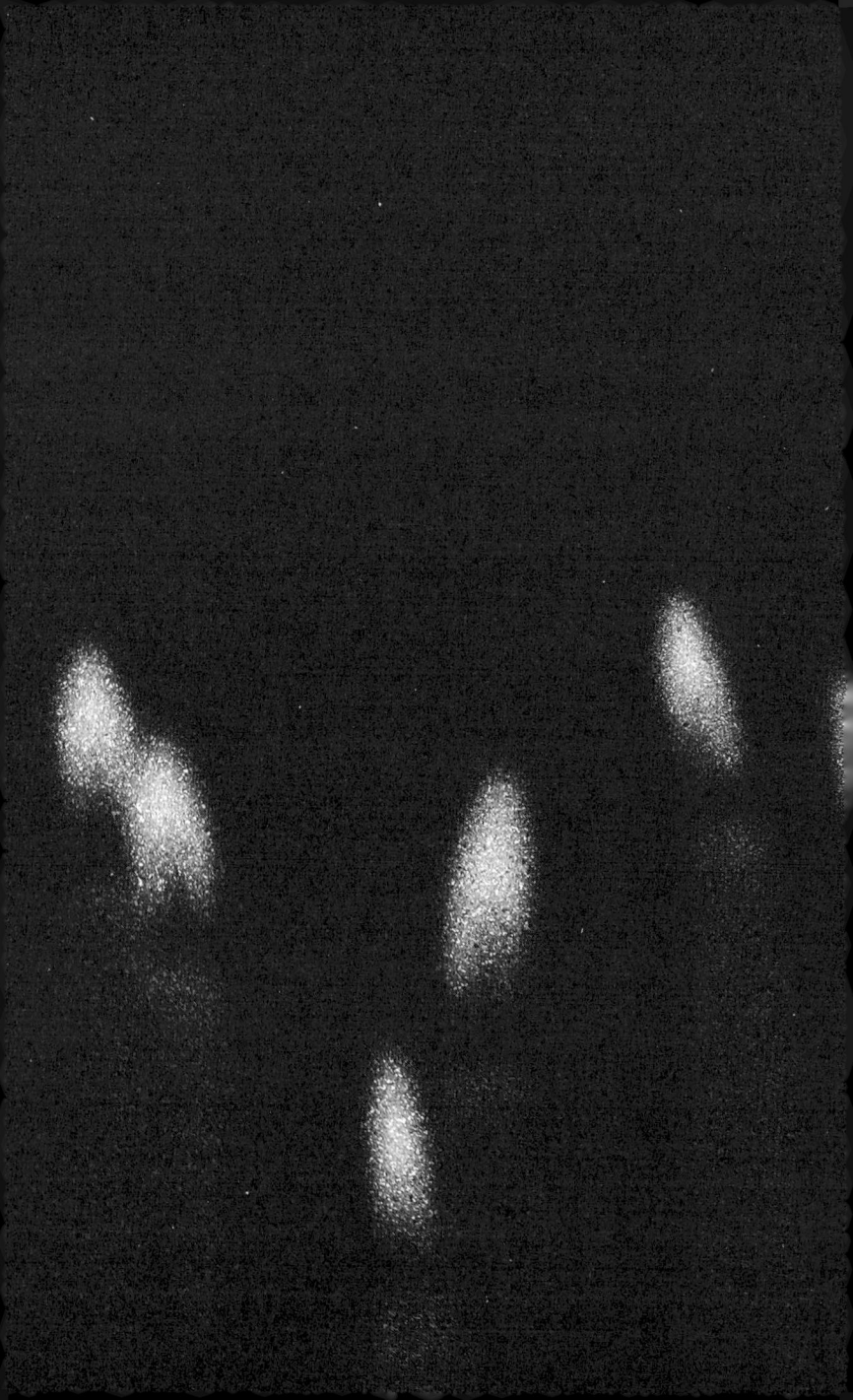

1

2123년 10월 1일, 이곳은 규슈 지방의 산속, 이제는 아무도 없는 곳. 지금부터 내가 이야기하는 건 우리 가족의 이야기입니다, 사실은 이야기하는 게 아니라 쓰고 있지만. 101년 전에 아빠가 나에게 가족사를 써달라고 한 건, 앞으로 가족들은 하나둘 나이를 먹고 죽어가겠지만 '융합수술'을 받아서 오래 살 수 있는 나는 할 일도 없고 한가할 테니, 가족들이 죽을 때마다 매번 조금씩 써보면 시간도 금방금방 잘 가고 좋을 거라는 이유에서였습니다, 나는 쓰는 것보다 말하는 걸 훨씬 좋아하는 데다 최근까지는 신이 같이 있어주기도 했고 이런저런 이야기를 신에게 쭉 말하는 것이 즐거웠으니까 가족사를 까맣게 잊고 있었습니다. 하지만 신도 얼마 전에 죽어서, 내 이야기를 들어줄 사람은 이제 아무도 없다 보니 심심한데 어쩌지, 하고 난감해하고 있을 때 가족사가 떠올랐습니다. 융합수술을 받으면서 머리 안에 메모리를 넣었기 때문에, 인간이었을 때의 일도 포함해서 여러 가지 일을 어떤 식으로 떠올리는지, 그러니까 메모리에서 어떻게 기억을 불러오는지 잘은 모르겠지만, 아, 그러고 보니 그런 일도 있었지, 하고 영상이나 사진이 스르륵 떠오르는 느낌이거든요. 인간이었을 때랑 그렇게 다르지 않은 것 같기도 하지만, 아니다, 선명도는 제법 다를지도 모르겠어요. 전부 사진처럼 정확하게 찍혀 있어서 떠올린다는 말보다는 역시 불러온다는 말이 맞겠다. 그런 식으로 불러온 101년 전의 아빠는 낯이 익고, 죽었을 때보다 훨씬 젊어 보입니다. 죽었을 때의 아빠 모습과 비교해 보면 5년밖에 안 지났는데, 그사이에 비쩍 마르고 머리숱도 없어지고 피부도 흙빛이 되어 여러모로 다르지만, 무엇보다 눈빛이 완전히 달라요, 눈에 초점이 맞는 아빠와 맞지 않는 아빠. 죽을 때는 뭐, 나와 엄마를 구별하지도 못했거든요. 내 얼굴은 엄마 얼굴과 똑 닮았다는데, 엄마는 내가 태어날 때 죽었기 때문에 엄마에 대한 기억은 없습니다.

다른 가족의 기억은 전부 있어요. 아빠, 고 오빠, 마리 언니, 사야 언니, 그리고 계속 함께했던, 내 연인이었던 신. 신은 사야 언니의 아들이니까 내 조카이기도 했지요. 집에 있는 컴퓨터와 단말기는 이제 작동하지 않으니까 이 글은 손으로 쓰고 있습니다. 뭔가를 손으로 쓰는 건 10년 만이라 내 글씨는 이랬구나, 하고 신기한 기분이 듭니다, ㄱㄱ팔이라 저리지 않아서 좋습니다, 그런데 지금 ㄱㄱ라고 쓴 건 '기계'라고 제대로 쓰기 귀찮아서입니다. 귀찮으니까 그냥 대충 써버리려고요.

수다를 떨 수 없어서 외로워요, 사실은 누군가와 이야기하고 싶어요, 하지만 많은 일이 있었으니 인간은 아마 다 죽었을 테고 최소한 우리 집 근처에는 아무도 없어서, 이야기하는 것처럼 써보려고 해요. 종이는 집에 있는 걸 다 긁어모았는데 의외로 많았습니다. 아빠가 죽은 뒤 집을 새로 지어서 70년 가까이 신과 함께 지낸 이 작은 집은 깜짝 놀랄 정도로 낡지도 무너지지도 않았는데 그건 나에게도 해당하는 일일 테고, ㄱㅅ이라는 건 역시 굉장하네, '기계機械'

도 '기술技術'도 한자로 쓰려면 획수도 많고 어렵지만요.

후회後悔도 획수가 많네요, 이런저런 후회도 써보면 납득할 수 있을까요, 나는 내 인생을 어쩌지 못했다는 걸.

정말로?

애초에 내가 융합수술을 받기로 한 건, 죽고 싶었기 때문입니다.

먹기도 싫고 자기도 싫어!

이런 건 갓난아기나 두 살짜리 아이들이 하는 말인데. 신도 두 살쯤에는 모든 것을 싫어해서 꽤 힘들었지만, 커가면서 점점 까탈스러운 성격이 사라져 편식하지 않고 잘 먹게 되었고, 통잠을 잘 수 있게 되면서 조금씩 인간이 되었습니다. 그렇게 생각하면 나는 어딘가에서 인간이 되는데 실패했는지 먹기도 싫고 자기도 싫은 상태가 이어졌습니다. 음식을 가리고 편식하는 게 아니라, 입에 먹을 것을 넣고 위에서 소화해서 배설하는 그 과정이 모두 싫었습니다, 괴로우니까요. 입안에서 맛을 느낄 때까지는 괜찮은데, 삼켜서 뱃속에 들어가면 꽉 얹힌 느낌에 괴로워집니다. 마치 임신 5개월이라도 된 것처럼 먹을 때마다 아랫배가 볼

록해지고, 위도 많이 처졌어요. 괴로워서 화장실에서 토하면 새콤달콤한 토마토 파스타도, 매콤달콤한 카레도, 달곰쌉쌀한 초콜릿도, 감칠맛 나는 표고버섯도, 맛있어서 좋았던 음식이지만 전부 위액 맛이 되고, 우웨엑 토하면서 목이 타들어 가는 느낌에 눈물도 나옵니다. 아빠는 항상 걱정했지만 나는 괜찮다고 하면서 내 방 침대에 눕습니다. 그러면 잠깐 꾸벅꾸벅 졸기도 하는데, 그럴 때 꾸는 꿈은 늘 화장실을 찾아 헤매는 꿈. 겨우 찾았다 싶으면 너무 더러워서 들어갈 수 없고, 어떻게 하지 속을 태우며 고민하는 사이 잠에서 깹니다. 그러고 집 화장실에서 모두 게워내고는 산뜻한 기분으로 시계를 보면 한 시간밖에 지나지 않았고, 그 뒤로는 절대 잠들지 못했습니다. 침대에 누워 눈을 감아도 잠들지 못하는 거예요, 점점 머리가 지끈거리고 간신히 잠들어도 이상한 꿈만 꾸고, 오히려 피곤해져서 낮과 밤이 여러 번 뒤바뀌었는데, 열 살쯤부터 그랬기 때문에 학교에도 가지 못했습니다, 그때는 고 오빠도, 마리 언니도, 사야 언니도 성인이 되어 독립했기 때문에 집에는 아빠밖에 없었습니다, 병원에 가도 이건 체질적인 문제니까 운동하시고요, 먹는 약으로 구토 방지제를 처방해 드릴게요, 하는 말만 듣고 끝. 당연히 일도 할 수 없었지만 아빠가 무리해서 일하지 않아도 된다, 돈은 많으니 걱정하지 마라, 라고 해서 계속 집에만 있었습니다. 내가 있던 집은 크고 넓은, 이른바 지주 집안이어서 여러 곳에 땅을 빌려주고 돈을 받았는데, 매일 먹는 식사도 대부분 산이나 논밭뿐인 여기 시골에서 착실한 아빠가 취미로 기른 채소였고 가끔 집으로 고기나 생선 같은 게 배달되는 정도였으며, 내 몸 때문에 근사한 레스토랑에서 외식 같은 것도 하지 않고 소박하고 조용하게 살았습니다. 딱히 갖고 싶은 것도 없고 나는 이야기만 할 수 있으면 괜찮았기 때문에 아빠를 말동무 삼아 계속 떠들었고, 아빠는 싱글벙글 맞장구를 치며 내 이야기를 들어줬습니다, 잠을 못 자서 머리가 제대로 돌아가지 않아 어눌한 말투로 같은 말을 반복해도 귀엽다고 말해주거나, 만들어준 밥을 매번 토해도 화내지 않던 아빠였는데요.

정말 소름 끼치는 부녀네.

언젠가 그런 말을 툭 내뱉었던 고 오빠는 그런 아빠를 평생 싫어했습니다. 고 오빠뿐 아니라 마리 언니와 사야 언니도 아빠를, 아빠뿐 아니라 나까지 싫어했습니다. 엄마는 1997년에 나를 낳다가 출혈이 멈추지 않아 죽었어요, 그때 고 오빠는 열여덟 살, 마리 언니는 열다섯 살, 사야 언니는 열 살이었고, 아직 엄마가 필요한 시기에 동생 때문에 엄마가 죽었으니 나를 싫어했던 겁니다. 특히 고 오빠와 마리 언니는 아빠가 그때까지도 엄마랑 섹스하고 있었다니 진짜 역겹다는 듯 원래부터 아빠를 경멸했고, 점점 엄마를 닮은 모습으로 커가는 나를 아빠가 오냐오냐하니까 더 역겨워하는 것 같았습니다.

그래서 열 살 무렵부터 이십 대 초반까지 먹기도 자기도 싫은 상태로 생활하다 보니 자연스레 우울해져서 죽고 싶어졌고 결국 융합수술을 받게 되었는데, 갑자기 생각났으니까 보컬로이드[01] 이야기부터 할게요. 창밖이 밝아지기 시작했으니 지금은 이른바 새벽녘인데, 해 질 녘처럼 하늘이 붉게 물들어 지금이 아침인지 저녁인지 분간이 가지 않는 풍경을 보면 머릿속에선 「내일의 밤하늘 초계반ｱｽﾉﾖｿﾞﾗ哨戒班」이라는 곡이 자동으로 재생됩니다, 메모리에서 꺼내 재생할 필요도 없이 이미 수백, 수천, 수만 번 들었기

---

[01] 사람의 목소리를 본떠 만든 음성을 바탕으로, 입력된 멜로디와 가사를 노래로 만들어주는 음성 합성 프로그램. 실제 가수처럼 음악 작업에 활용된다.

때문에 아무것도 안 해도 머릿속에 울려 퍼집니다.

2015년, 지금은 아득하게 먼 옛날 이름이 되어버린 유튜브에 「내일의 밤하늘 초계반」이 올라왔을 때 나는 생일 전이라 열일곱 살이었고, 잠 못 드는 밤에 아빠가 준 노트북으로 이런저런 동영상을 설렁설렁 보다가 말 그대로 발견했습니다. 이아IA라는 보컬로이드, 음성 합성 프로그램이 부른 이 노래는 내 마음 비슷한 것의 한가운데를 흔들었고 가사부터 멜로디까지 모든 게 좋아서, 너무너무 좋아서 계속 듣고 싶었습니다, 3분도 채 안 되는 짧은 곡인데 듣고 있으면 이 무거운 몸도 허공에 떠올라 저 멀리 어디든 갈 수 있을 것 같은 느낌이 들었습니다, 이아는 프로그램이니까 노래를 만든 건 사람일 텐데 누가 이런 멋진 노래를 만들었을까, 하고 찾아보니 이름은 오렌지스타Orangestar였고, 나와 동갑인 1997년생이라 놀랐습니다. 내가 그냥 숨만 쉬면서 산 것도 죽은 것도 아닌 상태로, 조금 먹고 토하고 꾸벅꾸벅 졸다가 일어나고 잠이 안 와, 하며 시간을 보내는 동안 나와 동갑인 이 사람은 이렇게나 굉장한 노래를 만들고 있었다니. 2016년에 업로드된 「데이브레이크 프론트라인DAYBREAK FRONTLINE」역시 보컬로이드 이아가 불

렀는데 이 곡도 너무 좋았어요, 두 곡 다 가사 내용이 밤에서 아침까지 이어서 듣기에 딱이라 두 곡이 발표된 뒤로는 잠 못 이루는 밤엔 대부분 「내일의 밤하늘 초계반」과 「데이브레이크 프론트라인」을 번갈아들었고, 그러다 보면 가끔 오늘같이 정말 아름다운 아침노을을 볼 수 있어서, 그럴 때면 조금이나마 태어나길 잘했다고 생각할 수 있었습니다. 신기하게도 두 곡 모두 인간이 부른 다른 버전은 절반 정도 들으면 질리고는 했는데, 이아가 부른 원곡은 끝나는 게 싫어서 계속 반복해서 듣고 싶었습니다, 다른 사람들이 악기로 커버한 버전 같은 것도 마음에 들면 그럭저럭 듣기도 했지만 결국에는 원곡으로 돌아왔습니다. 「내일의 밤하늘 초계반」을 계기로 다른 보컬로이드 노래도 많이 들었는데, 브이 플라워v flower가 부르는 「샤를シャルル」이나 「베놈ベノム」, 「픽서フィクサー」도 좋았어요, 하츠네 미쿠의 곡이라면 역시 「불꽃ヒバナ」, 「모래 행성砂の惑星」, 「테오テオ」, 「브레스 유어 브레스ブレス・ユア・ブレス」 등 내가 십 대 후반에서 이십 대일 때에 발표되었던 곡들이 특히 인상에 남아 있습니다. 다른 1997년생들은 어땠을까요, 보컬로이드 좋아하는 사람, 혹시 살아 있다면 손 좀 들어주세요, 어떤 노래를 제일

좋아했는지 알려주세요. 하지만 분명 이제 모두 살아있지 않을 테니 「내일의 밤하늘 초계반」의 마지막 가사,

오늘을 언젠가 떠올려, 미래의 우리들아

라는 구절은 마치 나를 향해 쓴 것 같아요. 어디까지고 뻗어나간 마지막 아, 발음이 모음만 남아 계속 울려 퍼지는 건 인간의 목소리로는 절대 흉내 낼 수 없잖아요, 내가 시도해 봐도 조금 다른 느낌이 되어버립니다.

우리 정원에는 지금 거의 아무것도 없지만, 신이 40년 전부터 키우기 시작한 해바라기만은 늘 피어 있는 것 같아요, 아마 실제로는 시들었다가 말라버렸다가 다시 피기를 반복하고 있겠지만, 나는 신만큼 해바라기에 관심이 있던 건 아니라서 가끔 보고 피어 있으면 피었구나, 생각할 뿐 자세히 들여다보지도 않습니다, 왜냐하면 자세히 보면 한가운데에 있는 까만 부분이 울퉁불퉁해서 무섭거든요. 일본은 이미 오래전부터 사계절이 없어지고 계속 여름 같은 날씨가 계속돼서, 다른 꽃, 이를테면 벚꽃 같은 건 피지 않고 원래 더운 계절에 피던 해바라기 같은 꽃들만 피게 되었습니다, 그러고 보니 누가 국화를 해바라기로 바꾸자고 해

서 잠깐 화제에 오른 적도 있었지요. 나는 융합수술을 받은 뒤로는 춥거나 더운 것도 느끼지 못해 쾌적하지만, 신은 그렇지 않아서 3월부터 10월까지는 일할 때 말고는 외출하지 않았고 적당한 온도로 맞춰진 방에서 지냈습니다, 나는 지옥처럼 더운 8월에도 산책하러 나가고 싶으면 신에게 허락을 받았어요, 이 더위에 아무렇지도 않다니 (   )는 좋겠다, 하고 신은 말했지만, 그렇다고 나처럼 융합수술을 받고 싶다고는 한 번도 말한 적이 없었습니다.

애초에 내가 융합수술을 받게 된 것은 죽고 싶었기 때문으로 원래 받으려던 건 융합수술이 아니라 '자살 조치'였습니다. '자발적 방조 자살법에 기초한 안락사 조치', 일명 자살 조치란 요컨대 약물을 투입하거나 전용 기계에 들어가 자살할 수 있게 해주는 겁니다, 약물 조치는 2015년에, 전용 기계를 사용하는 조치는 2019년에 허용되었고, 처음에는 반대 의견도 많았지만 점점 선택하는 사람이 늘어났습니다. 약물은 가끔 잘 듣지 않아서 오히려 더 고통받는 사람도 있었지만, 전용 기계 안으로 들어가면 내부의 산소 농도가 급격히 낮아져서 잠들듯 고통 없이 확실하게 죽을 수 있다고 해서, 나도 꼭 이 기계로 죽고 싶다고 아빠에게 말했습니다.

 그때는 정말 대단했지. 아빠가 그렇게 화를 내고 어쩔 줄 몰라 하면서 울었던 건 그때뿐이었을 거예요. 물론 죽기 3년 전쯤부터는 치매가 심해져서 화내거나 소리치기도 했지만 그건 병이니 어쩔 수 없는 일이었고, 그때처럼 아빠가 살아 있는 인간으로서 감정을 폭발爆發, 폭발暴發, 발발勃發시킨 적은 없었어요, 병 때문에 모든 게 백지로 돌아간 사람이니까 사소한 계기로 화내거나 울부짖거나 날뛰는 건 지나고 나면 별로 무서울 게 없었고, 그새 약도 많이 발전해서 처방받은 약을 먹이기만 하면 잘 들어서 바로 잠들었으니까요. 하지만 내가 죽고 싶다는 말 한마디 했다고, 그토록 상처 입은 표정으로 난동을 피우는 어른의 모습을 보는 건 꽤 무서웠어요, 그때의 아빠는 병에 걸린 것도 아닌데, 내가 살면서 고통받는 걸 누구보다 가까이서 봐왔으니까 알고 있었을 텐데, 아빠는 처음 알았다는 듯 으아악 소리를 지르더니 부엌으로 달려갔다가 눈물과 콧물을 질질 흘리며 나에게 칼을 들이댔어요.

 정 죽겠다면 내 손으로 널 죽이고 아빠도 죽겠다.

 부모라고는 아빠밖에 없어서 잘 모르겠지만, 자식이 죽

고 싶다고 하면 부모는 식칼을 꺼내 드나요, 내가 그렇게 못된 말을 한 걸까요?

아니야, 머릿속에서 신이 말합니다.

할아버지는 아마 계속 이상했을 거야. (　)의 어머니가 죽고 나서부터 계속. 하지만 할아버지가 이상해진 것도, (　)의 어머니가 죽은 것도 (　)의 탓이 아니야. 절대로. (　)는 잘못 없어. 몇 번이고 말할게. (　)가 잘못한 건 하나도 없어.

이때 신은 늘 나를 안아주었고, 나는 고마워, 그렇게 말해줘서 기뻐, 하고 그의 품에서 빠져나오고, 키가 큰 신은 나를 내려다보며 다시 내 팔을 끌어당겨 안아줍니다.

하지만 (　)가 그때 죽지 않고 계속 살아줘서 정말 기뻐. 나야말로 고마워.

나는 신의 가슴에 귀를 대고 심장 소리를 듣습니다, 잠시 후 신에게 고마워, 하고 다시 말하고 품에서 빠져나오면 이번에는 신도 미소를 짓고 이 일련의 흐름이 끝납니다, 이 이야기는 몇 번이나 했고 신은 그때마다 나를 안으며 몇 번이고 같은 말을 해주었습니다. 하지만 나야 꽤 오래전부터 알고 있었어요, 내 외모가 엄마와 꼭 닮았기 때문에 아빠

입장에서는 사랑했던 여자와 똑같은 얼굴을 한 사람이 두 번이나 죽는 건 견딜 수 없었기 때문이라는 걸, 그런데 왜 신에게 같은 이야기를 몇 번이나 했느냐고 하면 답은 뻔한 거 아닌가요.

하던 이야기로 돌아가면, 나는 고통스럽게 죽는 건 정말 싫어서 칼날이 번뜩이는 걸 보고는, 곧바로 내 방으로 도망쳐 일단 아빠가 진정될 때까지 틀어박혀 있으려고 방 안의 모든 물건을 문 앞으로 옮겨서 단단히 문을 막아놓고는 가만히 있었습니다. 당시 집은 커다란 단층집이라 밖에서 창문을 깨면 끝장이니 제발 들어오지 말아 달라고 생각하면서 물건이란 물건은 죄다 옮겼어요, 12월이고 겨울이라 추웠지만 깔끔해진 바닥에 드러누워서, 이대로 아무것도 먹지 않으면 시간은 걸리겠지만 어쨌든 죽을 수 있겠구나, 생각하며 눈을 감았습니다. 그러자 잠시 후에 아빠가 차를 몰고 나가는 소리가 들렸습니다, 그 차로 말할 것 같으면 5인승 승용차로 내가 태어나기 전에 가족들이 다 같이 타고 놀이공원에 가거나 조개를 잡으러 바다에 가기도 했던 차인데, 그걸 어떻게 아느냐면 아빠 방에 있는 앨범을 몰래 꺼내서 본 적이 여러 번 있기 때문입니다, 누렇게 바랜 사진을 몇 번이고 앨범에서 꺼내 늘어놓고 보고 있으면 마치 스크린을 통해 낯선 가족의 영화를 보는 것 같아서 나만의 영화를 보는 느낌이었습니다, 차 소리는 금방 멀어져 귓가에서 사라졌습니다.

이상하게도 아무것도 먹지도 마시지도 않았는데 화장실은 꼬박꼬박 가고 싶어졌고, 뭐 어차피 죽을 건데 그냥 참지 말고 내보낼까 하는 수준까지는 가지 못하고, 아빠가 아직 돌아오지 않았는지 확인하면서 책상이며 의자, 침대를 치우고 밖으로 나가 화장실에서 볼일을 보고, 방으로 돌아와 책상하고 의자하고 침대를 원래대로 돌려놓는 일을 반복하다 보니 점점 의식이 몽롱해지기 시작했습니다. 마지막으로 본 건 창밖의 핏빛으로 물든 하늘, 그것도 저녁이 아닌 새벽, 방에 틀어박힌 지 사흘째 되던 날 아침이었습니다. 아빠는 아직 돌아오지 않았고 아마도 고 오빠나 마리 언니나 사야 언니 중 누군가를 찾아갔을 테지만 혹시 이제는 돌아오지 않으려나, 아니면 어디서 사고나 자살 같은 걸로 죽었으려나, 생각하며 눈을 감았고 다음에 뜨니 처음 눈에 들어온 건 크림색 천장, 몸을 덮고 있는 하얀 이불, 팔에 꽂힌 수액 줄. 그리고 나를 내려다보는, 눈도 입도 옆으로 늘어진 아빠의 얼굴이었습니다.

다행이다, (　　)야. 정말 다행이야.

아빠는 내 머리와 얼굴을 쓰다듬더니, 선생님을 불러오마! 하고 깡충깡충 뛰듯 부산스럽게 낯선 문으로 향했고, 그제야 나는 지금 있는 곳이 아마도 어느 병원의 병실이라는 것, 그 후에 발견되어 병원으로 실려 와서 결국 죽지 못했다는 것을 깨닫고 실망했습니다. 그도 그럴 것이 입원이라는 건 몸을 치료해서 회복하게 만드는 일인데 이제 와서 이런 몸이 어떻게든 좋아질 것 같지는 않고, 좋아진다고 하더라도 나는 이미 삶의 의욕이 없었으니까요. 그때 순간적으로 머릿속에서 희망이 반짝였지만 그 빛은 곧바로 사라졌습니다, 혹시 여기서 자살 조치 같은 걸 해주지 않을까도 기대해 봤지만 아무리 생각해도 아빠의 웃는 얼굴은 그런 느낌이 아니었습니다. 한순간이나마 기대했던 만큼 실망감은 더욱 극심했고, 아, 정말, 아아아, 아. 자포자기해서 몸을 뒤척이며 창밖을 보니 큰 빌딩들이 잔뜩 눈에 들어옵니다, 집 근처에는 이런 빌딩이 없으니 이곳은 분명 도시의 병원이겠구나, 새 한 마리만 둥실둥실 떠 있는 데다 하늘이 유독 가깝게 느껴지는 걸 보고 이 병실은 꽤 높은 곳에 있다는 걸 깨달은 나는 아파도 그냥 뛰어내릴까 생각하며 일단 거치적거리는 수액 줄부터 치워버리려고 손을 뻗었는데 다음 순간, 문이 열리고 아빠와 의사 선생님이 들어왔습니다. 나는 대체로 항상 한발 늦고 마는 운명이구나, 생각하며 진찰을 받았습니다, 의사 선생님이 유난히 서늘한 손으로 맥을 짚거나 얼굴을 만지거나 아래 눈꺼풀을 잡아당기거나 하는 동안 인형처럼 가만히 있으며 끝나기를 기다렸는데, 진찰이 끝난 뒤에도 의사 선생님은 바로 나가지 않고 나를 빤히 쳐다보며 말했습니다.

안락사 조치를 원한다고 들었는데, 육체적 고통에서 벗어나고 싶다는 이유에서라면, 환자분만 괜찮다면 안락사 대신 융합수술을 받아보는 건 어떨까요.

머릿속에서 「내일의 밤하늘 초계반」을 틀고 있었더니 쇼기[01] 생각이 나서, 쇼기에 대한 이야기도 좀 해볼까 합니다. 「내일의 밤하늘 초계반」이 올라온 2015년, 잠 못 이루

---

01 일본식 장기. 두 사람이 마주 보고 편을 갈라 판 위에 말을 세우고, 정해진 법칙에 따라 움직여 겨루는 보드게임.

던 밤에 유튜브의 바다를 헤엄치다 프로 쇼기 기사인 나가세 다쿠야 선생님의 인터뷰 영상을 발견했습니다.

'전왕전電王戰 파이널로의 길 #2 믿는 사람 나가세 다쿠야'

라는 제목으로 올라온 영상은 아마도 쇼기라는 게임의 프로인 듯한 나가세 선생님이 컴퓨터, 정확히는 쇼기 컴퓨터 프로그램과 대결을 앞두고 임하는 각오나 평소의 생각 같은 걸 정리한 영상이었습니다. 영상을 재생하자마자 나가세 선생님이 말했습니다.

개인적으로, 쇼기는 노력으로 모든 게 결정된다고 생각합니다.

재능 같은 것은 전혀 필요 없거든요!

하지만 나는 쇼기가 무엇인지 전혀 몰랐고, 예전에 금요일 밤에 텔레비전에서 본 「해리 포터와 마법사의 돌」에 등장한 체스는 알고 있었기에, 대충 쇼기는 일본식 체스겠거니 생각했습니다. 하지만 그렇구나, 하며 영상을 일단 정지하고 들은 순서대로 '쇼기', '노력', '재능'이라는 단어로 검색하자 하부 요시하루라는 이름의 엄청나 보이는 기사가,

재능이란 노력을 지속할 수 있는 힘이다.

무언가에 도전했을 때 확실한 보상을 받는다면 누구나

반드시 도전할 것이다. 보상을 받을 수 있다는 보장이 없는 상황에서도 똑같은 열정과 기력, 동기를 가지고 계속하는 것은 무척 어려운 일이며, 나는 그것이야말로 재능이라고 생각한다.

라고 말했다는 걸 알고 조금 혼란스러웠지만, 마음을 다잡고 이번에는 '쇼기', '컴퓨터', '대결'이라는 단어를 입력해 찾아보니 기사와 컴퓨터의 대결은 꽤 오래전부터 이루어져 왔고, 기사가 이겼다가 컴퓨터가 이겼다가 엎치락뒤치락했지만 점점 컴퓨터가 강력해지고 있다고 해요, 그렇게 탄생한 프로 기사 대 쇼기 컴퓨터 프로그램의 비공식 대전이 전왕전인데, 이미 여러 번 개최되었고 프로 기사가 계속해서 지고 있었으며, '파이널'이라는 타이틀이 붙은 걸 보면 아마도 이번이 마지막이겠구나 싶었습니다, 뒤늦게 쇼기에 대해 찾아보니 쇼기는 체스보다 훨씬 더 어렵다는 모양이에요, 상대방의 말을 잡아서 역이용할 수 있기에 무한한 변화가 생기기 때문이고, 컴퓨터는 모든 국면에서 어느 말을 어디에 두면 어떻게 되는지 순식간에 계산할 수 있어서 인간이 이기기 힘들다는 걸 알았습니다, 나는 과연 그렇겠다고 생각했어요. 기계는 지난 십여 년 동안 엄청난 기

세로 진화했고 나보다는 아빠가 그 발전을 더 실감한 것 같았습니다, 나한테 컴퓨터를 줄 때도, 옛날에는 컴퓨터도 휴대폰도 더 크고 투박했는데 지금은 이렇게 얇고 가볍고 속도도 빨라졌구나, 하는 소리를 계속했습니다, 그렇다면 컴퓨터와 인간이 맞붙으면 컴퓨터가 이길 테니 아마도 이 나가세 다쿠야라는 사람은 졌겠네, 생각하며 다시 영상을 재생했습니다.

정체를 알 수 없는 것과 대치했을 때 얼마나 쌓아 올릴 수 있는가…… 개인적으로는 그 점이 중요하다고 생각합니다. 역시 인간이니까 할 수 있는 일은 하나밖에 없고, 1퍼센트, 1퍼센트…… 1퍼센트가 안 되더라도 물러서지 않고 한 걸음 한 걸음 확실하게 앞으로 나아가는…… 방향이 맞는지가 중요하다고 생각하고요, 그 방향을 결정하는 건 자기 자신이기에 열심히 앞으로 나아가고 싶습니다.

영상 후반부에서 나가세 선생님은 그렇게 말했는데, 이 말은 지금도 내가 인간이란 무엇인가를 생각할 때 머릿속을 스쳐 지나갑니다, 나가세 선생님은 본인이 컴퓨터와 어떻게 싸울지에 대해 말했지만 실질적으로는 인간이라는 존재의 특징, 아니면 특성, 그런 것을 정확히 짚고 있는 것 같아요.

전왕전 파이널 제2국에서 나가세 선생님은 셀레네Selene라는 쇼기 프로그램과 대전하여 후수後手[01]로 이겼습니다. 나중에 찾아보고 알았는데 쇼기는 인간 대 인간 대국에서도 선수先手가 승리에 다소 유리하고, 지금까지 컴퓨터와 대국한 전왕전에서 후수로 이긴 건 나가세 선생님뿐이라고 합니다, 나가세 선생님은 88수째에 2열 7행에 각불성角不成, 즉 각角[02]을 승급하지 않고 왕수王手[03]를 두었고, 셀레네에게는 이를 인식하지 못하는 버그가 있어 왕수를 방치한 채 다음 수를 두는 바람에 반칙패 하고 말았습니다. 이 전왕전에서는 사전에 본게임에서도 사용하는 것과 같은 셀레네를 연습용으로 대여했는데, 셀레네에게 각불성을 인식하지 못하는 버그는 처음부터 계속 있었던 것 같습니다.

어라, 그럼 버그를 알고 있었으니까 정당하게 이긴 건

---

[01] 쇼기에서 두 번째로 두는 쪽. 선수보다 다소 불리하다고 여겨지며, 특히 인공지능과의 대국에서는 승리하기 어려운 입장이다.

[02] 쇼기의 말 중 하나로 체스의 비숍, 장기의 상(象)과 유사하다. 대각선으로 이동하며, 상대 진영의 세 번째 줄 안쪽으로 들어가면 용마(竜馬)로 승급할 수 있다. 승급하지 않고 그대로 두는 경우 이를 각불성이라 일컫는다.

[03] 상대의 왕을 직접 공격해 다음번에 잡을 수 있게 만드는 수. 체스의 체크(check)에 해당하며, 이를 피하지 않으면 반칙패가 된다.

아니지 않나, 하고 생각할 수도 있지만 그렇지 않습니다. 이 대국은 각교환角換わり이라는, 경기 초반에 각을 상대의 진영으로 보내 교환하는 전법으로 이루어졌고, 실제로 나가세 선생님은 18수째에 각을 교환했으니까 하려고만 했으면 그때 각불성을 두어 셀레네의 버그를 찌를 수도 있었는데 그러지 않았어요. 그러니까 나가세 선생님은 정면으로 프로그램에 도전해서 형세는 쉽지 않았던 것 같지만 포기하지 않았고, 마지막에는 스스로의 힘으로 승리를 이끌어냈고, 88수째에 2열 7행에 각불성을 둔 건 어차피 본인이 이기는 국면이 되었기 때문이었습니다.[01] 대국이 끝난 뒤, 기자회견에서 나가세 선생님은 이렇게 말했습니다.

셀레네와 연습했을 때 5시간까지 가면 좋은 승부지만, 그 이하는 전혀 승산이 없는 느낌이었습니다. 끝났으니 말씀드리자면 전체적으로 승률은 약 10퍼센트였습니다. 그 정도로 강력한 프로그램이니까요. 하지만 제 이론상으로

---

01 실제 2015년 3월 21일에 열린 나가세 다쿠야와 컴퓨터 프로그램 셀레네의 전왕전 파이널 제2국에서 나가세는 결과적으로 프로그램의 버그를 건드리는 수로 승리했지만, 이는 정면 승부 끝에 우세한 형세에서 자연스럽게 나온 수였다. 당시 현장 해설과 언론에서는 인간의 전략적인 인내와 집중력이 승리를 이끌었다는 평가를 내렸다.

는 실전에서 10퍼센트를 끌어내는 것도 가능하다고 생각했습니다.

말이 끝나자마자 댓글이 순식간에 화면을 뒤덮었고, 쇼기에 대해서 잘 모르는 나도 대단하다고 생각했습니다, 승산이 거의 없는 컴퓨터 프로그램을 상대로 어떻게 실전에서 10퍼센트의 확률로 이길 수 있었던 걸까, 무엇을 쌓아 올려야 가능할까, 쇼기를 둔다면 나가세 선생님 말처럼 노력하면 알 수 있을까, 나는 쇼기에 조금 관심이 생겨서 컴퓨터와 대전할 수 있는 앱을 다운로드해 봤습니다.

하지만 무리였어요. 가장 낮은 레벨에서도 전혀 이기지 못했습니다. 정석 같은 걸 찾아서 열심히 외워봤지만 금방 어떻게 해야 할지 혼란스러워서 말을 잔뜩 빼앗기고 졌습니다, 다양한 전법 중에서도 나는 서로걸기相掛かり[01]를 좋아했는데, 비차飛車[02] 앞에서 보병步兵[03]이 홀로 전진하는

----

[01] 쇼기의 대표적인 초반 전술 중 하나로, 비차 앞에 있는 보병을 2열씩 밀어 올리며 시작한다.

[02] 쇼기의 말 중 하나로 체스의 룩, 장기의 차(車)와 유사하다. 세로와 가로로 자유롭게 움직일 수 있는 가장 강력한 말이다.

[03] 쇼기의 말 중 하나로 체스의 폰, 장기의 졸(卒)과 유사하다. 가장 기본이 되는 말로 한 칸씩 앞으로만 전진할 수 있다.

모습이 쓸쓸해서 좋았기 때문입니다. 하지만 계속 지기만 하고, 아빠하고 대국을 해봐도 나는 정말 쇼기에는 재능이 없었고, 그렇다고 열심히 노력하는 것도 아니라 결국 그만뒀습니다. 그러니까 쇼기는 정말 어렵습니다. 나가세 선생님은 정말 대단하다고 생각합니다.

전왕전 파이널 이후로 컴퓨터는 더욱 진화했고, 또다시 프로 기사와의 대국이 열려 당시의 명인이 도전했지만 이기지 못했습니다, 컴퓨터 프로그램은 완전히 인간을 뛰어넘은 것 같았습니다. 나가세 선생님은 그 후로 더욱 강해져서 결국 타이틀을 따냈습니다.

차곡차곡 쌓아가는 것.

한 걸음 한 걸음 확실히 앞으로 나아가는 것.

자신을 믿을 것.

무슨 소리가 나. 생명체가 있어!

하고 생각하면 그저 바람 소리였던 적이 많았고, 방금도 확인해 보니 역시 그랬지만 실망의 빛깔은 언제나 선명합니다. 몇 번이나 같은 일이 반복돼서 아마 생명체가 아니라 바람 소리일 거라고 마음 한구석에서 알고 있어도, 실제로 생명체가 아니라 바람이었다는 걸 확인할 때의 기분은 늘 새로워요. 엄청나게 낙담하는 것도 아니지만 수없이 경험한 덕에 여러 종류의 실망에도 꽤 익숙해, 졌을 리가. 하지만 감정 같은 것이 솟아올라도 몸이 떨리거나 뜨거워지거나 싸늘하게 식거나 눈물이 나거나 하는 일은 없고 그저 뇌만 파지직거리는 느낌, 그건 내 뇌의 일부는 여전히 인간이니까요. 나는 지금 이 세상에 유일하게 살아 있는 인간일까? 하고 생각할 때도 있지만, 우연히도 내가 융합수술을 받은 날에 태어난 신이 반년 전에 100세로 죽었고, 나는 스물다섯 살 때부터 변함없는, 겉보기에는 주름이며 기미 하나 없이 매끄러운 손으로 할아버지가 된 신의 시신을 정원에 묻었으니 역시 나는 인간이 아니겠지요. 늙지 않는 몸을 얻은 대신 다른 것, 평범하게 살았다면 나에게도 있었을 것을 많이 잃은 것 같습니다. 언제까지 이렇게 살아 있을까요? 벌써 오랫동안 병원에서 검진도 받지 않았습니다, 지난 수십 년간 신이 집에서 봐주었지만, 의사 선생님이 한 말을 떠올려 보면, 몸은 기계가 되었어도 생각하고 사고하는 뇌의 부분은 타고난 것을 활용하는 식이라 메모리를 넣거나 먹지 않거나 잠을 안 자도 괜찮도록 조치해 두었지만, 제대로 시설이 갖춰진 곳에서 정기적으로 검진을 받아서 뇌 상태에 문제가 없는지 확인해야 하고 몸에도 큰 손상을 입으면 반드시 수리해야 한다, 손상이 없더라도 정기적으로 유지 보수를 해야 한다고 했습니다. 혼자서는 잘 모르겠지만 실은 지금 이 순간에도 생각하고 사고하는 뇌는 조금씩 늙어가고 있는 걸까요, 몸도 망가진 곳은 없지만 점점 못쓰게 되어가는 걸까요.

뭐, 내가 없으면 안 되는 사람들은 모두 죽었으니 상관없지만.

융합수술은 몸의 거의 모든 부분을 기계화해서 영원히 늙지 않도록 만드는 기술인데, 2020년에 세계 최초로 3D 프린터인지 뭔지로 인공 신체를 만들어 수술에 성공한 사람이 나를 담당한 의사 선생님이었습니다. 이 선생님도 마찬가지로 융합수술을 받아서 마흔여덟 살의 모습에서 시간이 멈췄는데 왠지 그보다는 더 젊어 보였고, 당시 예순다섯 살이었던 아빠도 그 나이치고는 젊은 편이었지만, 선생님은 언뜻 봐서는 30대처럼 보였던 게 기억이 납니다.

의사 선생님이 나에게 융합수술을 받지 않겠냐고 물어

본 건 그가 아빠의 지인이라서, 듣자 하니 의사 선생님의 아빠는 우리 아빠의 아빠, 즉 할아버지와 친했고 의사 선생님 아빠의 집은 가난해서 대학 진학은 꿈도 못 꾸는 형편이었지만, 할아버지가 지원해 준 덕에 의사 선생님의 아빠는 의대에 진학해 의사가 되었고, 이내 결혼해서 태어난 아이가 나를 담당한 의사 선생님. 이 선생님이 아직 어렸을 때 할아버지 집을 찾아와 아빠와도 만난 적이 있었다고 하고, 오랜 세월이 흘러 이 선생님도 의사가 되어 규슈에서 가장 뛰어난 대학의 연구실에 들어가 융합수술 연구에 참여하게 되었는데, 이번 일을 겪은 뒤 아빠는 의사 선생님의 존재를 떠올리고는 내가 방에 틀어박히자 차를 몰고 의사 선생님을 찾아가서, 자신이 할아버지의 아들임을 밝히고 돈은 얼마든지 내겠다면서 직접 담판을 지었다고 합니다.

하지만 이건 아빠가 꾸며낸 이야기일 수도 있고 아빠 성격을 생각하면 내게 융합수술을 받게 하려고 칼을 들고 연구실에서 난동을 부렸을지도 모릅니다. 하지만 옛날에 정말로 그런 일이 있었을 수도 있으니, 진짜로 진짜가 뭔지는 영원히 알 수 없겠지요.

2021년부터 노화를 치료하기 위한 방법으로 원하는 사람이면 누구나 자유롭게 융합수술을 받을 수 있도록 허가가 났지만, 미용을 위한 성형수술처럼 보험이 적용되지 않아서 엄청난 비용이 들기 때문에 이 수술을 받은 사람은 아직 거의 없었고, 나도 기껏해야 융합수술이란 이름만 뉴스에서 본 정도였습니다.

그럼 지금 나는 후쿠오카에 있는 거구나, 후쿠오카는 처음이네.

주변의 높은 빌딩을 바라보며 의사 선생님에게 받은 각종 동의서를 대충 팔랑팔랑 넘겨봤지만 내용은 별로 머릿속에 들어오지 않았어요, 융합수술이 무엇이고 수술 방법은 어떻게 되는지에 대해서 의사 선생님이 하던 연구가 적힌 책자와 동영상을 보고, 직접 이런저런 설명도 들었지만 뭐가 됐든 나한테 중요하다는 생각은 들지 않았습니다, 아니, 다른 선택지는 없는 걸까, 없겠지. 아빠는 나에게 앞으로 쭉 스물다섯 살로 살 수 있어, 나이도 더 들지 않고 계속 귀여운 모습으로 오래오래 살 수 있다니 이 아빠는 너무 기쁘고 좋다, 정말 기대되는구나, 하고 푹신한 소파에 앉아서 계속 말했습니다. 병실은 개인실이었고 아빠는 내게 수술할 마음이 들 때까지 있어도 괜찮다고 해서 나는 계속 동의서에 서명하지 않고 하릴없이 늘어져 있었지만, 결국 내 방에서 병실로 장소가 바뀌었을 뿐이네, 오래 사는 게 뭐가 좋은지 딱히 잘 모르겠는데, 그대로 말하면 또 아빠가 화내며 칼을 꺼내 들 수도 있겠지, 하고 생각해서 그렇게 오래 살면 심심할 것 같다고 말했더니 아빠는 그럼 가족사를 써보면 어떻겠냐고 했습니다.

그렇구나, 이제 생각났다, 융합수술을 받으면 오래 살 수 있지만 할 일이 없어서 심심하지 않을까, 하고 먼저 말한 건 나였군요. 나는 신에게 계속 거짓말을 했던 셈이네요. 머리에 메모리를 넣기 전의 기억은 정확하게 기록되지 않아서 제멋대로 꾸며내 이야기한 겁니다.

반사적으로 미안하다고 생각하려다 말았어요. 뭐가 미안한지도 모르겠고.

가족사를 써보면 어떠냐고 한 아빠한테 가족사가 뭐냐고 물으니 아빠는, 가족에 관한 일들을 정리한 거야, 아빠는 고타와 마리카와 사야가 죽을 때까지 못 사니까, 아빠 몫까지 (   )가 가족들을 지켜보다가 각자 어떻게 살았는지 쓰면 돼, 어떻게 쓰든 상관없어, (   ) 마음대로 쓰렴, 했습니다.

그럼 내일 또 오마, 하고 말한 아빠는 병원 바로 근처의 호텔에 묵고 있었는데, 나는 아빠가 나간 뒤에 이불을 머리까지 뒤집어쓰고 눈을 감고는 벌써 몇 번이나 생각했고 지금 와서 생각해도 소용없는 일들, 예를 들면 나는 왜 태어났나, 왜 살아야 하나, 왜 죽으면 안 되나 같은 것들을 한없이 생각하다 보니 아침이 왔고 점심이 됐고 저녁이 됐고, 그때마다 아빠가 지불하는 돈의 힘 그 자체 같은 식사가 나와서 한두 입 열심히 먹어보긴 했지만, 간호사에게 먹을 수 있으면 더 먹어달라는 이야기를 듣고 억지로 먹었더니 속이 울렁거려서 토하고 목은 붓고, 토하고 나면 음식의 가치는 모두 똑같았습니다. 다시 이불을 덮고 처방받은 수면제의 기운이 돌 때까지 이런저런 생각을 하다 보면 점점 약효는 떨어졌고, 의사 선생님과 간호사 선생님의 얼굴에 난처한 빛은 더욱 짙어졌고, 아빠는 매일 찾아와 소파에 앉아서는 융합수술이 기대된다고 계속 말했습니다.

몸 상태가 그나마 괜찮은 날은 기분 전환 삼아 동영상이나 영화 예고편을 보곤 했어요. 가장 궁금했던 건 「더 웨일」이라는 영화였는데, 초고도비만으로 건강을 해쳐 곧 죽게 된 아버지가 예전에 버린 딸과의 관계를 회복하려는 이야기였습니다, 실제로 영화관에서 보는 일은 결국 없었지만, 영어판으로 본 예고편의 마지막 대사는 지금도 기억이 납니다.

I need to know that I have done one thing right with my life!

왜 기억하고 있냐면 배우 브렌던 프레이저 씨의 우는 연기가 너무 훌륭해서였고, 앞으로 여러 가지 일을 로봇이나 인공지능이 대체하게 되겠지만 이건, 이런 연기는 인간만이 할 수 있겠구나, 하고 막연히 생각했기 때문입니다. 단 몇 초 만에 나까지 울 뻔했던 건 이때가 처음이었고, 연기라는 것과 배우라는 사람들은 정말 대단하구나, 하고 감동했습니다. 저 대사의 뜻은 구글에서 찾아봤어요.

지금, 나에게 잘한 일이 무엇이었는지 생각할 때, 이 대사를 자주 떠올립니다.

하지만 괜찮은 날이란 손에 꼽을 정도였고 대체로 우울했습니다, 어떻게든 죽을 수 있는 방법이 없을까 생각했지만 유일한 희망이었던 창문은 아주 조금밖에 열리지 않았고, 여기는 병원이니까 내 몸에 무슨 일이 생기면 연결된

모니터에 표시되어 곧바로 의사 선생님이나 간호사 선생님이 달려올 테니, 이제는 어쩔 수 없다고 생각하며 마침내 동의서에 서명했습니다.

왜냐면 동의서라는 건, 수술에 실패하면 죽을 수도 있지만 아무도 탓하지 않겠다는 종이니까요.

고 오빠, 마리 언니, 사야 언니가 병실로 찾아온 건 동의서에 서명하고 나서 며칠 뒤였는데, 그때 고 오빠는 마흔세 살로 아이가 열 살과 일곱 살이었고, 마리 언니는 마흔 살로 직장에서 출세 중, 사야 언니는 서른다섯 살이었는데 신을 임신 중이었습니다.

그 뱃속에 신이 있다는 걸 당시의 나에게 알려주고 싶네, 그 아이가 어른이 되면 나의 연인이 될 거라고요. 아빠와 고 오빠와 마리 언니는 나에게 그랬던 것과 비슷하게, 사야 언니에게 '취급 주의' 딱지를 붙였습니다, 왜냐면 사야 언니는 누군지도 모르는 남자의 아이를 임신하고 싱글맘으로 살아갈 의욕으로 충만했으니까요. 가족이 모이자마자 아빠는 잠깐 하카타에 뭐 재미있는 것 없나 보고 오겠다며 서둘러 병실을 나갔고, 고 오빠는 우리를 보며 쉼 없이 한숨을 쉬었고, 마리 언니는 신경 써서 차를 내오기는 했지만 속으로 우리를 싸잡아서 정신 이상한 거 아냐? 하고 생각한다는 걸 압니다. 그래서 사야 언니는 신이 태어난 뒤에 다른 두 사람이 아니라 나를 의지하게 됐습니다, 나만이 사야 언니를 지금까지와 똑같이 대했기 때문입니다. 그런 사야 언니를 나는 33년 후에 죽이고 말지만.

 같이 있던 시간은 아마 10분도 안 됐고, 다들 병실을 둘러보고 나를 슬쩍 보고는, 창밖의 풍경을 보다가 돌아갔습니다. 그즈음 나는 인공 신체를 만들기 위한 검사, 촬영, 또 검사가 이어져서 피곤했습니다, 모두 나간 뒤에 아빠한테 연락하려고 했지만 귀찮아서 이불을 뒤집어쓰고 눈을 감았더니 오랜만에 수면제 없이 잘 수 있었고 꿈을 꿨습니다. 꿈속에서는 해파리가 공중에 떠다니고 있었습니다, 그냥 두면 사람들의 머리에 달라붙어 사람들을 해파리로 만들어버리기 때문에, 나는 낯선 여자와 함께 해파리 사냥꾼이 되어 커다란 병을 들고 마을 곳곳을 돌며 해파리를 빨아들여 붙잡았습니다. 그리고 미술관에 가서 바닥부터 천장까지 이어지는 큰 그림을 봤는데, 그 그림은 숲속에서 희미하게 빛나는 꽃으로 에워싸인 서양식 저택을 그린 것이었습니다, 해파리를 잡으면서 내가 아름다운 그림이네요, 하고 말했더니 같이 있던 여자가 친구처럼 웃어주어서 정말 기분이 좋았습니다.

문득 펜을 내려놓고 지금까지 내가 쓴 것들을 다시 읽어 봤습니다. 쓰기 시작한 뒤로 얼마나 시간이 지났는지 모르겠네, 아직 하고 싶은 이야기의 절반도 못 썼지만 왠지 아주 멀리 온 것 같은 느낌. 사실은 소리 내어 말하고 싶고 그렇게 하는 게 더 빠르지만 누군가가 이걸 읽어주었으면 좋겠다는 마음이 들었습니다. 어떤 사람이 읽어주면 좋을까요, 순간적으로 떠오르는 건 방금 썼던 꿈속에 나왔던 여자나, 생판 모르는 사람. 그런 사람들이 내 이야기를 읽고 어떻게 생각할지 궁금합니다. 믿어줄까요? 이딴 건 거짓말이라고 생각할지도 모르겠네요. 일어났던 일, 느낀 일, 떠오른 일, 생각했던 일을 글자로 옮겨서 잔뜩 쌓아 올린 뒤, 그걸 읽은 사람이 여기 적힌 것이 진실이라고 믿게 하려면 어떻게 해야 할까요, 진실은 어디서 오는 걸까요. 만약 믿어주지 않는다면 조금 아쉽겠는걸, 그럼 최소한 거짓으로서라도 재미있다고 생각해 줬으면 좋겠어요. 지어낸 이야기인데도 재미가 없다면 그건 어쩔 수 없지만.

내가 융합수술을 받는 걸 아빠는 그토록 기대했으면서, 막상 수술이 끝나자 아빠는 나에게 남처럼 데면데면하게 굴었습니다. 생각했던 것과 다르다는 이유로, 수술을 받은 내 몸이 차갑고 딱딱했기 때문이었어요. 인공 신체는 기계니까 체온은 당연히 없고, 실제로 의사 선생님의 손도 차가워서 그런 건 이미 아는 줄 알았는데요, 아빠는 25년 전 엄마가 죽었을 때 그 몸이 차갑게 굳어버린 걸 떠올린 모양이었는데, 왜 수술을 받으라고 했을까, 왜 받으라고 했을까, 마쓰모토 씨 말이 맞았어, 그 말을 들을 걸 그랬어, 하고 계속 말했습니다.

마쓰모토 씨는 간호사 선생님 중에서도 할머니에 가까운 아주머니 간호사 선생님이었는데, 다정한 성격이라 내가 토하면 등을 손으로 쓰다듬어 주고 꿀이 들어간 홍차나 레모네이드처럼 나도 마실 수 있는 따뜻한 음료를 가져다주거나, 누워서 자고만 있는 내 몸을 닦아주고 세심하게 챙겨주었지만, 융합수술에 대해서는 마뜩잖게 생각했는지 기회가 있을 때마다 자꾸만 나한테 충고했습니다.

다시 생각해 봐요. 조금이라도 무서우면 그만두는 게 나아. 앞으로 아이를 낳을 수 없게 되니까 나중에 아이가 갖고 싶어졌을 때 후회할지도 모르고, 꼭 수술을 받겠다면 적어도 난자만이라도 냉동 보존해 두는 건 어때?

하고 말했습니다. 나는 마쓰모토 씨의 이야기 중 80퍼센트쯤은 대수롭지 않게 넘기면서도, 나머지 20퍼센트쯤은 왜 아기가 어쩌고, 아이가 어쩌고, 아직 존재하지도 않는 존재에 대해서 나한테 말하는 걸까, 하고 생각했습니다, 내 몸은 내 것인데 왜 아직 존재하지 않는 사람에 대해 생각해야 하는지 고민하는데 예전에 어디선가 보았던, 여자는 처음부터, 그러니까 태아 때부터 난자가 몸속에 존재한다는 이야기를 떠올렸고, 처음부터 그런 식으로 설계되어 있다는 걸 떠올리고는 토하지도, 울지도 않았지만 지금까지 겪은 것 중에서 가장 고요한 기분이 들었습니다. 이제 와서 생각해 보면 그것도 융합수술을 받으려고 결심한 이유 중 하나였을지도 몰라요. 그렇구나, 이렇게 고통받으며 살아 있는 건 무엇을 위해서냐면 언젠가 아이를 낳기 위해서, 아직 존재하지 않는 것을 위해 나는 살아가는 것이고, 인간도 동물이니까 이 모든 건 분명 당연한 일이고, 대부분 여자는 태어나서 살아가는 동안 아이를 갖고 싶어지니까 마쓰모토 씨는 그렇게, 언젠가 내가 후회하지 않도록, 마치 나에게 그럴 의지가 있는 것처럼 말하는 겁니다.

그렇다면 나는 원래부터 인간이 아니었던 거네.

융합수술을 받고 좋았던 점 제2위!

완전히 인간이 아니게 된 것!

이것을 실감한 건 수술을 받고 1년이 지난 2023년 12월 말, 이제 영원히 생리를 하지 않는다고 확신했을 때였습니다. 그동안에도 줄곧 생리불순이었기 때문에 한 달에서 세 달쯤은 소식이 없기도 했고, 가장 길 때는 반년을 건너뛰기도 했어요, 먹거나 자거나 배설할 필요는 없어졌어도 아직은 방심할 수 없었습니다, 예를 들어 마쓰모토 씨가 의사 선생님한테 말해둬서 실은 아직 생리도 하고 임신도 가능한 몸일지도 모른다고 진지하게 의심하고 있었거든요, 왜냐하면 겉모습은 정말 인간이었을 때와 다름없었고 내부는 안 보이니까 알 도리가 없었기에, 몸에서 피가 나오지 않는다는 것만으로는 완전히 믿을 순 없었기 때문입니다, 그렇게 반년이 지나도 방심하지 않고 상태를 지켜보다가 가을쯤에는 맞는 것 같다고 생각하면서도, 정말 진심으로 확신을 갖기까지는 역시 1년이 걸렸습니다, 그만큼의 시간이 흘렀으니 나 자신이 인간이 아니라는 증거도 충분히

쌓였다고, 겨우 나는 이제 인간이 아니라는 사실을 진심으로 믿을 수 있게 된 날부터 꼭 일주일이 지난 2024년 1월 1일 오후, 사야 언니가 갓 돌이 지난 신을 집으로 데려왔습니다.

신은 2022년 12월 25일에 태어났습니다. 크리스마스가 생일이라 어른들은 항상 선물을 하나만 줬고, 그것이 안쓰러웠던 나는 크리스마스 선물과 생일 선물을 꼭 따로 줬어요, 그래서일 거예요, 신이 날 좋아하게 된 건. 참고로 내가 융합수술을 받은 날도 2022년 12월 25일이기 때문에 신은 언젠가 우리는 생일이 같다고 했죠. 난 항상 신의 편이었어요, 사야 언니한테 혼났을 때는 위로해 주고, 외로워할 때는 안아주고, 언제나 나한테는 신이 제일 소중하다고, 나는 신을 좋아한다고 몇 번이고 말했어요.

신의 진짜 이름은 신新이라고 쓰고 아라타라고 읽습니다. 하지만 왠지 아라타라고 부르는 건 좀 어색해서 처음 만났을 때부터 계속 신, 신 하고 불렀어요, 사야 언니는 신이 아니라 아라타인데, 라고 했지만 점점 뭐라고 하지 않게 되었고, 신이 열 살이었을 때 갑자기 궁금해져서, 신이라고 부르는 거 싫어? 그렇게 부르면 안 돼? 하고 신에게 직접

물었더니,

신이라고 부르는 사람은 (　　) 말고 없으니까 괜찮아.

하고 살짝 얼굴을 붉히며 대답했습니다. 나는 고마워, 신, 내가 좋아하는 거 알지? 라고 말하고 나서 평소처럼,

신은 내가 좋아?

라고 물었더니, 신은 쑥스러워하면서도 고개를 살짝 끄덕였습니다.

12개월이 된 신에게는 갓난아기의 모습이 남아 있었지만, 조금씩 유아로 자라나고 있어서 생각했던 것보다는 말도 잘 이해하는 것 같았어요. 사야 언니를 엄마라고 부를 수 있었고, 자고 일어나서 안녕, 하고 인사하면 아녀엉, 하고 똘똘하게 대답했습니다, 분명 사야 언니가 정신없이 일하느라 낮에는 어린이집에 맡겨서 함께 있는 시간이 길지 않아도 최대한 신에게 많이 말을 걸어주는 모양이라고 생각했어요, 어차피 셜이니까 천천히 쉬다가 가, 식사 준비는 내가 할게, 혹시 신이 못 먹거나 알레르기가 있는 음식이 있으면 알려줘, 하고 내가 말했더니 사야 언니는 정말 놀란 눈치였습니다. 지금 집안일은 전부 네가 하는 거야? 하고 물어보길래 그렇다고 대답했습니다.

이제는 힘들어서 움직이지 못하는 일은 없나 보구나.

아빠는 그렇게 말하더니 방에 틀어박혀서 거의 나오지 않았기 때문에, 그렇구나, 앞으로는 내가 이런저런 일들을 다 해야겠구나, 하고 생각했습니다. 처음에는 서툴렀던 집안일도 1년쯤 지나자 점점 요령이 생겼고 아빠 식사 준비도, 청소도, 빨래도, 장 보는 일도 어려울 게 없었습니다. 아무리 움직여도 피곤하지 않으니 이 몸은 정말 편리하네, 마치 성능 좋은 가전제품이 된 기분이었어요.

한 집에 한 대씩, 나.

나는 사야 언니에게 직접 만든 오세치 요리[01]를 대접한 뒤에, 인터넷에서 돌이 막 지난 아이가 먹을 수 있는 음식이 뭔지 찾아서 만들어 신에게 먹이고, 아빠 방으로 음식을 가져갑니다. 사야 언니는 술을 마시면 꾸벅꾸벅 졸아서 사야 언니가 예전에 쓰던 방, 지금은 손님방이 된 곳으로 데려가 이부자리를 깔아서 재우고는 신을 돌봅니다. 신은 항상 기분이 좋아서 까꿍!만 해줘도 뭐가 그렇게 재밌지? 하는 생각이 들 정도로 까르르 웃습니다, 신이 배변을 하면

---

01 일본에서 설 연휴에 먹는 전통 요리.

기저귀 가는 법을 찾아보고, 신의 몸을 깨끗이 닦아준 뒤에 상쾌하지? 하고 물으니 신은 역시 방긋 웃습니다. 그러다 보면 어느새 신은 내 무릎 위에서 푹 잠들기 시작해서 나는 계속 신의 등을 쓸어줍니다, 시간은 순식간에 흘러 어느새 저녁, 잠에서 깨어 거실로 나온 사야 언니는 약간 당황해서 미안, 아라타는 얌전히 있었어? 하고 묻습니다. 때마침 신도 잠에서 깼고, 아무 일도 없었어, 계속 착하게 있었지? 하고 신에게 물으면 다시 까르륵 웃습니다. 사야 언니는 놀라면서,

아라타가 이렇게 웃는 건 처음 본 것 같아. 잠에서 깰 때마다 매번 투정을 부리는데. 내가 집에서 맨날 화만 내서 그런 걸까.

하고 말하는 사야 언니는 조금 슬퍼 보였습니다.

왜, 왜 그렇게 된 거야?

울부짖는 2055년의 사야 언니가 생각납니다.

너, 아라타 기저귀도 갈아줬잖아, 안아주고 이유식 먹이고, 기저귀 더러워지면 갈아주고, 그렇게 돌봐주던 조카랑 어떻게 그럴 마음이 드니. 상식적으로 그럴 수가 없잖아. 아라타, 너도 마찬가지야. 얘는 네 이모야. 겉모습은 계속

스물다섯 살인 채로 젊지만 실제로는 환갑이 다 됐다고. 너희 둘 다 어떻게 된 거야? 이상해, 이상하다고! 왜, 왜! 왜 이러는 거야!

그럼 아라타 맡기고 더 자도 돼? 요즘 너무 피곤해서.

2024년 1월 1일의 사야 언니가 말했습니다.

응, 그렇게 해.

내가 대답한 순간, 문이 쓱 열리는 소리가 나면서 아빠가 얼굴을 내밀었습니다.

사야 왔냐.

우리 앞에 나타난 아빠는 곰 같습니다, 여기 있으면 안 되는 동물이라도 있는 것처럼 분위기가 무거워졌지만 아무것도 눈치채지 못한 아빠는 사야 언니의 대답도 기다리지 않고 곧바로 화장실로 가서,

졸졸졸졸졸졸졸

모든 걸 내던져 버린 아빠는 화장실 문도 닫지 않았기 때문에 배설하는 소리가 복도에 울려 퍼졌고, 지나간 자리에는 냄새가 집요하게 남아 있는지 사야 언니는 얼굴을 찌푸렸습니다, 나는 알 수 없었지만요.

아니, 아빠는 계속 저러는 거야?

아빠가 방으로 들어간 뒤 작은 목소리로 묻는 사야 언니를 보며 고개를 끄덕이자, 언니는 어디서 나왔을까 신기할 정도로 땅이 꺼져라 한숨을 내쉬었습니다.

모르겠다, 지금은 머리가 안 돌아가. 일단 좀 잘게.

응, 쉬어.

사야 언니는 손님방으로 다시 들어가고, 나도 다시 신의 곁으로 돌아갑니다. 바닥에 앉아서 애니메이션을 보던 신은 내가 다가가자 환하게 웃고, 둘이서 함께 어린이 애니메이션을 보면서 나도 신이 웃는 것에 맞춰서 웃습니다.

1월 3일이 되자 낮에 고 오빠와 마리 언니가 같이 찾아왔습니다, 둘은 잠깐 신을 들여다보더니 아빠 방으로 갔습니다. 우리 남매 넷을 굳이 둘로 나누자면 고 오빠와 마리 언니가 한편이고, 사야 언니와 내가 한편입니다, 아빠와 나를 미워하는 마음도 고 오빠와 마리 언니는 강했지만, 이때 사야 언니는 그 정도는 아니었습니다.

아버지는 너한테 맡겨도 되겠지?

돌아갈 때 고 오빠는 담담한 목소리로 물었습니다.

우리 중에 네가 아버지한테 갚을 은혜가 제일 많다는 건 알 테고. 네가 이렇게 살아 있는 것도 다 아버지 덕이라는 건 잘 알고 있겠지?

옆에서 마리 언니가 가만히 나를 바라보았고, 이내 두 사람은 고 오빠의 차를 타고 떠났습니다, 운전은 AI가 합니다. AI를 거꾸로 하면 IA, 이아가 되네요. 사야 언니도 저녁이 되자 고마워, 덕분에 오랜만에 푹 쉬었네, 하고 신을 안고 카시트에 태웠는데, 지난 사흘 동안 얌전했던 신은 집이 떠나가라 울어대며 나와 헤어지는 걸 슬퍼했습니다. 미안해, 다음에 보자, 하고 자그마한 손에 손을 뻗자, 신은 엄청난 힘으로 내 손가락을 쥐었습니다. 하지만 이때의 일을 신은 완전히 잊고 있었어요. 이 이야기를 꺼내자 내가 처음부터 그랬다고? 하고 쑥스러운 듯 웃었는데.

역시 자꾸 신 이야기로 흘러가는구나.

모두가 떠나 조용해진 집에는 생물 한 마리의 기척만 감돌고 있었습니다.

1월 4일부터는 설 연휴 같은 건 마치 아득히 먼 옛날 일이었던 것처럼 시간이 엄청난 속도로 흘러갔지만, 내 주변은 여전히 산과 논과 하늘만 있어서 묘하게 조용했습니다. 나는 검사를 받으러 후쿠오카에 있는 병원에 가야 했는데, 이제 아빠가 차로 데려다주지는 않을 것 같아서 혼자 가는 방법을 찾아봤습니다. 멀지만 역까지 산 넘고 물 건너 수십 킬로미터를 걸어서 전철을 타기로 했습니다. 인간이었을 때는 절대로 할 수 없는 일이었는데, 그게 무엇이든 간에 새로 할 수 있는 일이 생겨서 기뻤어요. 병원에 도착하니 나를 수술해 준 의사 선생님이 전과 변함없는 모습으로 맞아주었습니다.

오늘 아버님은 같이 안 오셨나요?

의사 선생님의 물음에 나는, 아빠는 요즘 거의 방에서 안 나와요, 내 몸이 아빠가 생각했던 것과는 달랐던 것 같아요, 하고 사실대로 대답했습니다. 의사 선생님은 그렇습니까, 하더니 아득히 먼 곳을 바라보는 듯한 눈빛으로 말했습니다.

그래도 돌이킬 수 없는 일이니까요. 사전에 충분히 설명도 드렸지 않습니까.

왜 그런 표정으로 말하는 걸까? 본인이 만들어낸 기술이면서. 그런 생각을 했지만 입 밖으로 내지는 않고 나는 여러 가지 기계를 통과합니다. 그동안 의식이 없던 걸 보면 뇌에 뭔가를 했나 봐요. 대략 두 시간쯤 지나자 검사는 모두 끝났고, 특별한 문제는 없었다는 결과를 듣고 1년 후로 다음 예약을 잡습니다. 그리고 아버님 말인데, 혹시 무슨 일이 생기면 언제든 상담사를 소개해 드릴 테니 말씀해 주시고요, 하고 의사 선생님은 말했습니다. 혹시 무슨 일이 생기면? 어떤 상황을 말하는 걸까, 이를테면 칼을 들이댄다든지? 하지만 그 역시 입 밖으로 내지 않습니다. 다시 전철을 타고, 걷고 또 걷다 보니 점점 익숙한 풍경이 나타납니다. 하지만 이날은 집에 돌아오니 평소와는 다른 느낌이 들어서 뭐지? 하고 자세히 봤더니 복도에 아빠의 배설물이 널려 있었습니다.

이날 이후로 아빠는 우울증과 함께 발병한 치매가 점점 진행되다 죽었습니다. 향년 70세였습니다. 끝.

이렇게 정리하고 싶지만 아무래도 너무하니까 조금 덧붙이겠습니다. 아빠가 죽기 전까지 있었던 일 중에 특히 인상에 남은 일은, 아빠를 돌봐주기 위해 온 인간 요양보호사 선생님과의 일화였습니다. 사실은 로봇을 파견받는 게 더 저렴하기도 하고 그냥 내가 간병하면 돈도 안 드는데. 아빠가 치매에 걸리고 나서 가족 모두가 한 번 모였을 때도 고 오빠는 아버지는 너한테 맡긴다고 했을 텐데? 라고 했고 마리 언니도 옆에서 고개를 끄덕였지만, 결국 아빠는 내 기계 손에 닿는 걸 질색했고 로봇 같은 건 더욱 끔찍하다고 그러고, 집은 날이 갈수록 더러워졌기 때문에 비싼 비용을 지불해서 인간을 모셔 왔습니다. 그래서 요양보호사 선생님이 찾아온 첫날에 앞으로 잘 좀 부탁드릴게요, 하고 인사했더니 50대로 보이는 요양보호사 선생님은 생글생글 웃으시며 말했습니다.

뭘요, 신경 쓰지 마세요. 이 세대 어르신 중에는 로봇이나 기계가 간병해 준다고 하면 아직까지 거부감을 느끼시는 분도 많으니까요. 인간을 더 믿을 수 있다고 생각하시더라고요. 안전 면에서는 로봇도 이제 인간과 거의 차이가 없는데.

그렇군요. 이렇게까지 부탁드리게 돼서 죄송해요. 아빠는 특히 사람 살결이 좋은가 봐요.

아, 그런 점에서 인간 요양보호사를 원하는 분들도 계시지요.

아빠 말이에요, 내가 융합수술을 받기 전만 해도 나를 여기저기 더듬으려고 하더니, 이제는 나한테 가까이 오지 마라, 이 괴물아! 하고 말하는 거 있죠.

인간 요양보호사 선생님은 화들짝 놀라 나를 보더니 뭔

가 망설이는 듯 이리저리 눈동자를 굴렸지만, 이 이야기에 더 깊이 들어가지 말자고 생각한 것 같았습니다.

그럼 바로 아버님께 인사드릴게요.

네, 잘 부탁드립니다.

인간 요양보호사 선생님이 방에 들어가 아빠에게 자기 소개를 하는 소리가 들려서, 살짝 엿봤더니 환자용 침대에 누운 아빠는 불퉁한 표정이었습니다. 결국 이 인간 요양보호사 선생님은 반년도 채 지나지 않아 다른 분으로 바뀌었고, 그렇게 몇 번쯤 바뀌다 간신히 아빠의 눈에 든 사람은 삼십 대의 요양보호사 선생님이었는데 엄마와 눈매가 조금 닮은 분이었습니다. 하지만 이분도 곧 그만두었고, 여자가 아닌 남자 인간 요양보호사 선생님으로 바뀌면서 비용도 점점 비싸져서, 내가 융합수술을 받을 때만 해도 엄청난 비용이 들었는데 괜찮을까 싶었지만 아빠, 아니 이 집안에 돈 하나는 정말 많은 것 같았습니다.

기본적으로 치매에 걸려서 의사 표현이 어려워진 경우에는 자살 조치를 받을 수 없거든요. 최대한 증상이 진행되는 걸 늦추고 원래의 성격을 되찾게 한다는 효과 좋은 신약을 썼지만, 어떤 약도 듣지 않는 사람은 반드시 존재하는 법이고 아빠가 그랬습니다.

인간 요양보호사 선생님 덕에 아빠와 집이 깨끗해지고 냄새도 거의 사라졌을 무렵, 사야 언니는 자주 신을 데리고 왔습니다. 아니, 정확히 말하면 맡기러 왔어요. 설 연휴 때 내가 신을 돌보는 걸 보고 감탄한 모양이었어요. 사야 언니의 수입으로는 인간 베이비시터를 고용할 수 없고, 로봇 베이비시터는 무서웠는지. 사야 언니는 일하는 동안에 신을 어린이집에 맡겼지만 신이 아직 어리다 보니 금방 열이 난다느니 상태가 안 좋다느니 하고 연락이 와서 불려 다니고, 그러다 보니 직장에서도 이래저래 안 좋은 소리를 듣게 되었습니다. 이대로 가다가는 일을 그만두게 될지도 모르는데 그건 안 된다며, 사야 언니는 바닷가 마을에서 일하고 직장도 어린이집도 집 근처에 있었지만, 이 무렵에는 아침 일찍 일어나서 신을 살피고, 오늘 컨디션이 별로일 것 같다는 생각이 조금이라도 들면 한 시간 걸려 산을 올라와서는 나에게 신을 맡기고 서둘러 출근하고, 퇴근하면 또 한 시간 걸려 산을 올라와서 신을 데리고 돌아가거나 그대로 하루 자고 가기도 했습니다. 대체로 일주일에 한두 번, 많을 때는 세 번까지, 신이 자라서 더는 열이 나지 않게 될 때까지 그런 날들이 이어졌습니다. 2024년 초까지만 해도 사야 언니는 AI가 운전하는 차를 탔지만 제한 속도보다 빨리 달릴 수 없다는 이유로 일부러 사람이 직접 운전하는 옛날 차로 바꿔서, 언젠가 사고를 내는 게 아닐까 싶은 속도로 산을 오르내렸습니다. 한 시간 동안 덜컹거리는 차 안에서 신은 얼굴이 눈물과 콧물로 범벅이 되고, 바지는 소변으로 더러워지고 가끔 대변까지 묻히기도 하고, 토하는 바람에 카시트가 더러워진 적도 있어서 나는 항상 시트째로 신을 안아 들었습니다. 신은 아무리 서럽게 울부짖다가도 나만 보면 변함없이 활짝 웃는 거예요. 현관에 들어서자마자 더러워진 카시트며 신의 얼굴과 몸을 깨끗이 닦아주고, 오늘도 재밌게 놀자! 하고 인사하면 인간 요양보호사 선생님이 안녕하세요, 하고 인사하며 찾아와서, 나는 신을 안으며 안녕하세요, 하고 인사를 건넵니다. 인간 요양보호사 선생님이 아빠 방으로 들어가면 나는 신을 거실로 데려가지요, 아빠가 점점 아무것도 못 하게 되어가는 반면 신은 점점 다양한 것을 할 수 있게 되었습니다.

    태양만이 지금도 변함없이 동쪽에서 떠올라 서쪽으로 집니다.

사실 몇 번쯤 인간 요양보호사 선생님 대신 내가 아빠를 돌본 적이 있습니다. 요양보호사 선생님이 갑작스럽게 병가를 냈는데 대체할 사람이 없다는 이유로 나는 신이 자는 동안 아빠에게 밥을 먹이기도 하고 기저귀를 갈기도 했어요, 하는 일 자체는 신을 돌보는 것과 거의 다르지 않았습니다. 체격은 완전히 달라서 난동을 부리면 조금 힘들지만, 약을 좀 많이 먹여서 재우면 문제없습니다.

○○?

기분이 안정되면 아빠는 나를 엄마 이름으로 불러요, 하지만 내가 아빠 손에 닿기라도 하면 차갑고 단단한 감촉에 나라는 걸 알아채고 화를 냅니다. 그래서 아빠를 돌볼 때면 서랍장에 있던 여성용 털장갑을 꺼내어서 꼈습니다, 그 장갑은 옛날에 아빠가 엄마에게 준 선물인 것 같아서 혼날까 봐 반쯤 걱정했지만, 정답은 나머지 반에 있었는지, 아빠는 내가 장갑을 끼고 있는 걸 보면 기뻐했습니다. 약을 꺼내니 아빠가 그건 뭐야? 하고 물어보길래, 장갑에 대한 답례라고 말하면서 물과 함께 건네주었습니다, 기뻐하며 약을 먹고 잠에 든 아빠는 행복해 보였습니다. 다음 날이 되자 인간 요양보호사 선생님이 와서 어제는 못 와서 미안했다고 사과하며 아빠 방으로 들어가고, 나는 한동안 다시 신을 돌보는 데 집중합니다.

마지막으로 아빠를 돌봤을 즈음에는 이미 신도 예전처럼 열이 나는 일은 잘 없게 되었고 어린이집에 다닐 수 있게 되었기 때문에, 그날 나는 아빠와 단둘이 있었습니다. 아빠는 종일 잠만 자는 상태라서 내가 할 일은 거의 없습니다. 하지만 잘 때도 목에는 가래가 끼니까 기침을 하기도 해서, 그럴 때는 인간 요양보호사 선생님에게 배운 방법으로 석션을 합니다. 인간을 기계로 만들 수는 있어도 가래 석션이란 여전히 힘들고 괴로운 일, 아빠는 그때마다 진짜로 엄청난 힘으로 몸부림치니까 몸을 벨트로 묶고 억지로 입을 벌려야 하기 때문에, 인간의 몸으로 혼자 이 일을 하려면 큰일이겠다고 생각했습니다. 끝나면 도구를 깨끗이 세정하고 묶었던 벨트를 풀어줍니다. 아빠가 쌕쌕 소리를 내며 눈을 게슴츠레 뜨고는 나를 바라보길래 왜요? 하고 귀를 입 가까이 가져다 대니, 아빠는 갑자기 손을 뻗어서 가슴을 움켜쥐었습니다.

실리콘 소재로 만들 수도 있는데, 어떻게 하실래요?

하고 융합수술 전에 의사 선생님이 물었지만 나는 아니

요, 괜찮아요, 하고 대답했기 때문에 이것은 차갑고 딱딱한 기계 가슴. 주무르는 맛이 없다고 아빠 본인이 말해놓고서, 지금 아빠는 손을 가슴에서 떼지 않고, 다른 손은 사타구니 근처에 가져다 대고 만지작거리고 있습니다, 그런 모습을 보고 있자니 아, 인간은 나처럼 머리에 메모리가 있는 게 아니니까 뭐든 다 잊을 수 있구나, 하고 새삼스럽게 생각했습니다. 싫었던 일, 아팠던 일, 슬펐던 일, 고통스러워서 하루라도 빨리 잊고 싶다고 바랐던 일은 물론, 기뻤던 일, 즐거웠던 일, 행복했던 일, 사랑했던 일, 평생 잊고 싶지 않다고 바랐던 일, 그리고 자신이 누구에게 무슨 짓을 했는지도 모두 지워버릴 수 있구나, 이제 엄마조차 기억하지 못하는 듯한 아빠는 이걸로 죽었다고 생각했습니다, 여기 있는 건 단순한 동물일 뿐.

아빠는 그로부터 일주일 뒤에 오연성 폐렴으로 입원했고, 고 오빠, 마리 언니, 사야 언니가 모인 다음 날 심장이 멈췄습니다. 향년 70세였습니다. 상속 절차 같은 건 전부 고 오빠가 맡아서 해줬고 이 집은 내 것이 되었습니다.

아, 드디어 아빠 이야기가 끝났는데 아직 고 오빠와 마리 언니, 사야 언니가 남았네요. 왜 아빠하고 엄마는 자식을 많이 낳았을까요? 아직도 그런 생각이 듭니다. 하다못해 나는 낳을 필요도 없었을 텐데, 라고 말하면 신은 화를 냈습니다.

그런 소리 하지 마. (　)가 필요 없다니, 그렇지 않아. 내가 몇 번이나 말했잖아, (　)가 없는 세상은 아무런 가치도 없어.

아빠가 돌아가셨을 때 겨우 다섯 살이었던 신은 어른이 되어서 나에게 그런 말을 해주는 거예요. 그렇게 작았던 아이가 순식간에 커버리네요.

고 오빠 이야기를 쓰려고 하는데, 오빠와의 추억은 거의 없어요. 죽기 직전에나 조금 있을까. 원래 고 오빠는 내가 철들었을 때는 이미 집에 없었고 명절에도 거의 집에 오지 않았습니다, 어느샌가 결혼해서 아이를 낳고 한두 번 아빠에게 아이들을 보여주러 온 적도 있었지만 대학생 때부터 계속 도쿄에 살았으니까요. 나는 도쿄에 가본 적이 없어서 어떤 곳인지 잘 모르겠어요, 후쿠오카의 더 대단한 버전일까? 좌우지간 일이 바쁘다, 올해는 처가에서 보내겠다, 이런 연락을 한 것도 기껏해야 두세 번 정도였고, 웬만한 일이 아니고서야 거의 만난 적이 없어서 고 오빠가 어떤 사람이었냐고 물어보면 대답하기 조금 곤란합니다. 분명한 건 나를 매우 싫어했다는 것. 나를 두고 이 녀석만 없었다면 어머니는 살아 있을 거라고 생각하고, 나한테 딱 붙어서 애지중지하는 아빠를 보고 소름 끼치는 부녀로 여겼고, 융합 수술을 받은 후로 나를 더욱 기괴한 존재로 생각하게 되었다는 것, 직접 말한 것도 있고 말하지 않은 것도 있지만 어느 쪽이든 다 잘 알 수 있었습니다, 그래서 나도 고 오빠한테는 가까이 가지 않으려 했고, 고 오빠라고 계속 쓰긴 했지만 오빠라는 느낌을 받은 적은 한 번도 없었어요.

그럼 그냥 고타 씨라고 해야겠다.

이건 사야 언니한테 들은 이야기이고 고타 씨 본인이 저에게 직접 말해준 건 아니에요. 고타 씨와 마리 언니는 이른바 '취업 빙하기 세대', '로스트 제너레이션'이라고 불리는 세대의 사람들이라 취직이 정말 힘들었고 겨우 취직을 하더라도 일을 못하면 인간 취급도 안 해주고 월급도 적었지만, 고타 씨와 마리 언니는, 아니, 이 집안에서 태어난 사람이라면 아무것도 안 해도 돈 때문에 힘들 일은 없었을 테지만, 둘 다 집안, 그러니까 아빠 덕을 보고 싶지는 않았다고 합니다. 그건 자기도 마찬가지라고 사야 언니는 말했습니다. 하지만 고 오빠와 마리 언니는 고생 많이 했어, 나랑은 차원이 다르게 힘들었지, 제일 일찍 출근해서 제일 늦게 퇴근하고, 가끔 대학 동기들이 목을 맸다는 연락이 날아들고. 그래도 너는 좋지? 고향으로 돌아가면 이 지옥에서 벗어날 수 있잖아, 하는 말을 들으면서도, 때로는 입이나 항문에서 피가 나는데도 어떻게든 그런 하루하루를 버텨낼 수 있었단다, 왜냐면 두 사람 다 살면서 엄마를 잃은 것보다 더 힘든 일은 없었거든, 하고 사야 언니는 최대한 담담하게 말했습니다. 이제 와서 이런 말에 상처받는 거 아니지? 실제로 그 말 그대로였기 때문에 나도 고개를 끄덕일 뿐입니다. 응, 응, 그래서?

그래서 고타 씨는 처음에 영업직으로 일하면서 다양한 업계 사람들과 인맥을 쌓은 뒤, 대학 친구의 권유로 IT 회사를 세워서 열심히 일했습니다, 도쿄에 근사한 집을 살 정도로, 배우자가 일하지 않고 육아에 전념할 수 있을 정도로, 두 아이를 유치원부터 대학까지 사립학교에 보낼 수 있을 정도로, 1년에 몇 번쯤은 여행도 갈 수 있을 정도로, 평생

이 집안의, 아빠의 경제적 도움을 받지 않아도 될 정도로.

그래서 2039년, 고타 씨가 예순 살이 되었을 때, 사야 언니로부터 고 오빠가 자살 조치를 받겠대, 라는 말을 들었을 때는 무척 놀랐고, 가족 모두가 모인 자리에서 본인의 입으로 직접 진심이라는 이야기를 들었을 때는 어안이 벙벙했습니다.

지쳤어.

고타 씨는 조용히 말했습니다.

아이들도 모두 독립했고, 내가 죽어도 집사람이 잘 지낼 수 있도록 준비는 해놨어. 이제 지쳤어. 편해지고 싶어.

마리 언니도 사야 언니도 크게 당황해서는 날마다 전화를 걸고, 고타 씨의 배우자와도 이야기하고, 사야 언니는 일부러 도쿄까지 가서 고타 씨를 만나서는 예순이면 너무 젊다, 제발 마음을 바꿔봐라, 하고 애를 썼습니다. 그리고 사야 언니가 도쿄에 갈 때 신은 다시 우리 집에 와서 자고 갔습니다.

안녕하세요, 신세 좀 질게요.

어느 토요일 오후, 사야 언니의 차에서 내린 열여섯의 신은 설날에 인사하러 왔을 때보다 키가 더 컸고, 눈은 이미 저보다 높은 위치에 있었습니다, 가늘고 길어서 서늘한 눈매에 또렷한 쌍꺼풀과 살짝 곱슬기 있는 머리카락까지 가족 누구와도 닮지 않은 외모였습니다, 변성기는 이미 지나서 긴 다리로 똑바로 선 모습을 보고, 아이들은 정말 눈 깜짝할 사이에 자라는구나, 생각했습니다. 가방에는 여덟 살 생일 때 선물한 포켓몬 인형 키링이 너덜너덜한 채로 달려 있었어요, 신은 어릴 때 포켓몬을 좋아했는데, 같은 해의 크리스마스 선물로 준 포켓몬 카드도 아직 책상에 잘 두고 있다고 사야 언니가 알려주었습니다. 나는 포켓몬 게임은 소드, 실드 버전까지만 해봐서 신이 유창하게 말해주는 엄청 긴 포켓몬들의 이름은 이제 하나도 모릅니다, 그래도 신은 내가 준 선물이면 뭐든 매우 기뻐했습니다.

사야 언니가,

그럼 난 이제 공항 갈게. 아라타, 이모 너무 힘들게 하지 말고.

라고 말하자 신은,

알겠어, 조심해서 다녀와.

라고 조용히 대답하고는 작은 소리로.

(   )는 이모 아니야.

라고 말하는 소리가 들렸습니다. 사야 언니는 이제 액셀을 힘껏 밟을 필요가 없었기 때문에 새 차는 소리 없이 미끄러지듯 출발했고, 언니를 배웅한 나는 옆에 있는 신과 눈이 마주쳤습니다. 아, 아닙니다. 그렇게 말하며 시선을 돌리는 신의 귀가 빨개져 있었습니다.

짐 옮길까요?

그래, 좁지만 2층 방이 비어 있으니까 거길 써.

처음에 썼듯이 아빠가 죽고 나서 집을 새로 지었어요, 예전 집의 절반쯤 되는 작은 단독주택으로 만들어서 2층에는 사야 언니나 신이 쓰는 손님용 방이 세 개, 1층에는 거실과 부엌과 욕실, 하지만 대부분 사용하지 않고 나는 주로 2층 방에서 산과 논과 하늘을 바라보며 유유자적 지냈습니다, 하지만 아무것도 하지 않아도 방에 먼지가 쌓이니까 전날 꼼꼼하게 청소하고, 신이 먹을 식사 재료를 사 와서 무엇이든 할 일이 있다는 건 좋은 일이라고 생각하며 좀 일렀지만 저녁 준비를 하는데, 짐을 갖다 놓은 신이 와서 뭐 도울 일 없냐고 묻길래, 괜찮아, 피곤할 텐데 쉬어, 라고 대답했지만 신은 돕고 싶다며 그 자리에서 움직이지 않았습니다, 그럼 같이 만들까? 하고 둘이서 나란히 부엌에 서서 신이 좋아하는 카레를 만들었습니다. 카레를 만들다가 나는 신에게 첫 번째 고백을 받았습니다.

( ), 좋아해요. 어릴 때부터 계속 좋아했어요. 내가 어른이 되면 나랑 사귀어요.

나는 깜짝 놀라 신을 보았습니다, 표정을 보니 신이 나를 놀리거나 거짓말하는 게 아니라는 건 바로 알 수 있었습니다.

지금 대답하지 마세요. 하지만 진지하게 생각해 주면 좋겠어요.

이때부터 신은 나를 좋아한다고 말할 때면 아무리 부끄러워도 눈을 똑바로 보고 말해주었어요.

왜 나는 이때를 몇 번이나 생각하게 되는 걸까.

그렇게 신과 지내고 다음 날 저녁이 되자 사야 언니가 기진맥진한 모습으로 돌아왔습니다, 고 오빠는 어때? 하고 물으니 사야 언니는 고개를 가로저으며 안 통하네, 또 가 보려고, 그때도 신 여기 맡기고 가도 돼? 라고 해서 나는 물론이라고 대답했고, 신은 속으로 오예! 하고 외치듯 주먹을 불끈 쥐고는 살짝 들었습니다. 두 사람은 차를 타고 산을 내려갔습니다. 나는 차가 보이지 않을 때까지 손을 흔들었고,

신도 차 안에서 몇 번이고 뒤돌아 나를 바라보았습니다.

마리 언니와 사야 언니의 노력에도, 결국 고타 씨의 생각을 바꿀 수는 없었습니다.

너희들, 그렇게 계속 반대할 거면 지금 당장 목을 매버릴란다.

고타 씨의 말에 마리 언니와 사야 언니는 설득을 포기했고, 배우자와 자식들은 계속 울었던 모양이지만 결국 아빠가 그렇게 원한다면 어쩔 수 없다고 받아들였다니. 고타 씨는 좋은 남편이자 좋은 아버지였겠구나, 하고 생각했습니다.

그렇게 고타 씨가 자살 조치를 신청하자 예전만큼 심사가 까다롭지 않아서 바로 허가도 났고 날짜도 정해졌는데, 그 전에 추억을 만들자며 가족끼리 마지막으로 여행을 가게 되었습니다. 가상현실 속 여행이 아니고 진짜 현실에서, 놀랍게도 나도 함께요. 당연히 늘 그랬듯이 나는 신과 집에 있겠거니 했는데 사야 언니가 너도 가야지, 했을 때는 놀란 나머지 왜? 하고 반문해 버리고 말았습니다, 그러자 사야 언니는 오빠가 너도 데려오라고 했어, 라고 말했습니다, 나중에 고타 씨에게 연락해 봤더니 정말로 나도 같이 데려갈 생각이었다고. 놀라움은 몇 번을 느껴도 새로워요. 그럼 신은 어떻게 하냐고 물으니까 때마침 스쿨링 날이랑 겹친다고 합니다, 그즈음 신은 규슈에 살면서 도쿄의 아주 좋은 학교에 다녔는데 수업은 온라인으로 듣고, 가끔 직접 학교에 출석해서 여러 가지 활동을 하는 스쿨링이라는 행사가 있다고 합니다, 신은 그리 내키지 않아 했지만 사야 언니는 신을 그 행사에 보내겠다는 것입니다.

너무 싸고도는 것도 좋지 않잖아, 그 애도 여러 가지 경험을 해봐야지.

사야 언니의 대답에 나는 정말 맞는 말이라고 생각했습니다.

여행지는 오래전에 가족 모두가 갔다던 바닷가의 오래된 온천 여관이었습니다, 고타 씨와 마리 언니는 도쿄에서, 사야 언니는 신을 공항에 데려다주고 곧바로, 나는 집에서 각자 출발해 그곳에서 만났습니다. 나에게는 처음으로 가는 가족 여행이었습니다.

하지만 끝나고 보니 딱히 재미있는 일은 없었던 것 같아요, 가족 여행이란 다 같이 여러 곳을 돌아보며 구경하는 거라고 생각했는데, 고타 씨도 그렇고 마리 언니와 사야 언니도 여관에 도착하자마자 좀 쉬다가 온천에 들어갔고, 나와서는 방에 차려진 식사를 했지만, 온천도 식사도 할 필요가 없는 나는 창가의 의자에 앉아서 멍하니 있었습니다. 어두워지자 바깥 풍경도 보이지 않고 오히려 방 안의 풍경이 창문에 비쳤습니다, 고타 씨와 마리 언니, 사야 언니는 술을 마시면서 생선이며 튀김이며 고기 같은 걸 먹으면서, 이거 맛있다, 맛있네, 이것도 맛있다, 정말이네, 맛있어, 를 연발했고 드문드문 옛날에 가족 여행을 갔을 때의 추억을 나눴습니다, 고타 씨가 목욕탕에서 까불다가 넘어져서 아빠에게 혼났던 이야기, 어릴 때 편식이 심했던 마리 언니가 저녁 식사를 거의 하지 못하고 과자가 먹고 싶다며 울었던 이야기, 사야 언니가 숨바꼭질을 잘해서 방에서 다 같이 놀았을 때도 끝까지 찾지 못해서 모두 안절부절못했다던 이야기 같은 걸.

갑자기 손에 쥐고 있던 단말기가 살짝 진동하더니 신이 보낸 메시지가 도착했습니다.

지금 뭐 해요?

나는 이제 겨우 끝나서 방에서 뒹굴거려요.

빨리 돌아가서 (　　)를 보고 싶어요.

신의 목소리가 귓가에 울려 퍼지는 것 같아 후후 웃음이 납니다, 답장을 입력하고 있는데 사야 언니가 혹시 아라타한테 연락 왔어? 라고 물었습니다. 내가 연락하는 사람이 달리 없다는 걸 알고 있기 때문이에요. 내가 응, 이제야 끝나서 뒹굴거리고 있대, 빨리 집에 가고 싶다는데, 라고 대답하자 사야 언니는 그 애는 친구 좀 생겼을까, 평소에는 집에만 틀어박혀 있으니, 하고 혼잣말처럼 말하고, 고타 씨가 아라타는 의젓하니까 괜찮을 거라고 말했고, 마리 언니 역시 아라타를 두고 공부도 잘하고 예의도 바르고 좋은 아이라고 칭찬했습니다. 사야 언니는 갑자기 신을 칭찬하는 분위기에 조금 흥분했는지, 아냐, 그 애는 어쩌고저쩌고하면서 상기된 목소리로 말을 쏟아냈고, 나는 신과 조금 메시지를 주고받다가 마지막에 잘 자, 하고 인사했습니다.

어느새 식사를 마친 마리 언니와 사야 언니는 온천을 한 번 더 하고 오겠다며 나갔고, 방에는 고타 씨와 나만 남았습니다. 고타 씨는 천천히 술을 마시고 있었고 나는 방해되지 않도록 소리 없이 조용히 있었는데, 불현듯 고타 씨의 목소리가 들려왔습니다.

오늘 와줘서 고맙다.

어, 지금 나한테 말을 건 건가? 돌아보니 고타 씨도 나를 보고 있었습니다, 왜요? 고맙다니 뭐가요?

계속 미안하다는 말을 하고 싶었어, 아버지 말이야. 간병도 간병이지만 그전부터 그 인간이 오랫동안 너에게 했던 짓도 그렇고, 너에게 융합수술을 강요한 걸 막지 못한 것도 있고.

고타 씨는 술술 말하고 잔에 남아 있던 맥주를 마시더니 후우, 하고 길게 숨을 내쉬었습니다.

죽고 싶은데 계속 살아야 한다는 건 고문이겠지, 태어나는 건 선택할 수 없으니까 적어도 죽을 권리쯤은 모든 인간에게 보장되어야 해. 하지만 융합수술은 말하자면 죽을 권리를 박탈당한 거나 마찬가지야. 나는 계속 네가 싫었다, 너 때문에 어머니가 돌아가셨다고 생각했으니까. 하지만 너도 선택할 수 있다면 딱히 태어나지 않았겠지. 태어나고 싶어서 태어난 건 아니었을 텐데. 죽고 싶다는 생각이 드니까 드디어 알겠더라고. 멋대로 낳음당했는데 평생 착취까지 당하다니, 정말 안쓰러운 마음뿐이야. 미안했다.

고타 씨가 고개를 숙였습니다, 나는 의자에 앉아 있었기 때문에 고타 씨를 내려다보는 모양새였는데, 눈에 보이는 정수리부터 어깨, 팔이며 손을 훑어보니 곳곳에 늘어진 피부와 기미, 주름 등이 보여서 나이에 맞게 늙은 몸이라고 생각했습니다. 방금 들은 이야기를 곱씹어 봤지만 놀라우리만큼 아무 느낌도 들지 않아서, 몇 세대 전의 스마트폰에 있던 음성인식 인공지능 비서 기능을 흉내 내려고 했습니다. 순간적으로 떠오른 대사가 그 비서의 것이었습니다.

죄송합니다, 잘 이해하지 못했어요.

그렇게 말하자 고타 씨는 천천히 고개를 들고 나를 뚫어지게 보는데, 안색이 묘하게 하얬습니다. 무슨 생각을 하는지 표정만 봐서는 알 수 없었지만, 지금 내 말이 무엇을 흉내 낸 것인지 고타 씨도 알고 있을 텐데, 하고 생각하고 있으니,

그 소문이 사실인가?

하고 고타 씨가 말했습니다.

융합수술을 받으면, 뇌에도 영향을 끼쳐서 사고가 기계화된다는데…….

다녀왔어, 하는 소리와 함께 문이 열리고 언니들이 돌아왔습니다. 언니들은 어색한 분위기를 민감하게 알아채고, 어, 혹시 둘이서 무슨 이야기 하고 있었어? 하고 물었지만

고타 씨는 아니, 아무것도 아니야, 이제 자자, 라고 말하고는 식탁을 치우고 이불을 폅니다.

셋이서 이렇게 나란히 자는 거 정말 오랜만이다.

그러게 말이야.

그러다 곧 세 사람은 잠들었고 나는 단말기로 방금 고타 씨가 한 이야기를 찾아봤습니다.

융합수술을 받으면 뇌도 점점 기계의 영향을 받아 생각이나 감각이 인간답지 않아진다는, 사실인지 아닌지 알 수 없는 데이터가 실린 기사나 동영상이 나왔습니다, 말하자면 음모론 같은 것이지만 적잖은 사람들이 그걸 보고 믿는 것 같았습니다.

고타 씨와의 추억은 이것으로 끝입니다. 여행에서 돌아온 뒤에는 평소와 다름없는 일상이 돌아왔고 그로부터 한 달 뒤에 고타 씨는 자살 조치를 받아 죽었습니다. 장례식은 도쿄에서 열렸고 마리 언니와 사야 언니와 신이 참석했어요. 나는 늘 그렇듯 2층 방에서 멍하니 하늘을 올려다보는데 화창한 푸른 하늘이 끝없이 펼쳐져 있었습니다, 하지만 도쿄는 어땠는지 모르겠네.

다음은 마리 언니입니다. 마리 언니와의 추억은 훨씬 더 적어서 금방 끝납니다. 고타 씨처럼 마리 언니도 마리카 씨라고 부르는 게 더 어울릴 것 같지만 왠지 모르게 마리 언니라고 부르게 되네요, 아마 사야 언니의 영향이 큰 것 같습니다. 사야 언니가 마리 언니랑 친해서 고타 씨 일로 이런저런 이야기도 많이 하고 가끔 같이 놀러 가기도 했고, 나한테도 늘 마리 언니가 말이야, 마리 언니가 말이야, 하고 자주 이야기했거든요, 나이도 다섯 살 터울이라 서로 잘 맞았는지 그 둘은 정말로 자매였다는 생각이 듭니다. 그리고 2055년, 나는 마리 언니가 죽었다는 이야기를, 그리고 마리 언니에게는 동갑내기 여성 파트너가 있었다는 이야기를 사야 언니에게 듣고 처음 알았습니다.

있잖아, 마리 언니가 남긴 돈 말인데. 마리 언니가 저축도 좀 하고 투자도 했더라고, 그래서 그런데 어떻게 나눌지 내가 정해도 돼? 내가 더 많이 가지면 안 돼?

가상공간에서 사야 언니가 귀엽게 고개를 갸웃하자 토끼 귀가 쫑긋거립니다. 뭐든 되고 싶은 것이 될 수 있는 세계에서 사야 언니는 토끼가 되고 싶었던 걸까요.

응, 좋아.

진짜? 고마워! 아라타도 뭐 돈 보내주고 하는데 요즘 세상에는 무슨 일이 있을지 모르잖니. 연금도 없어졌고. 너도 조금은 돈이 있으면 좋을 테니까 물어봤지. 혹시 마리 언니 파트너가 연락해서 어쩌고저쩌고하면 사양하지 말고 받도록 해. 가족의 권리니깐.

이 무렵 신은 의사가 되어 부자들만 다니는 도쿄의 병원에서 일하면서 돈을 많이 벌었지만, 대신 명절에도 돌아오지 못할 정도로 바빠서 나는 신이 대학을 졸업한 해의 봄부터 신과 만나지 못했습니다.

고타 씨가 죽은 뒤, 세상에는 음모론을 믿는 사람들이 나와서 별의별 소리를 해댔고 융합수술을 받은 인간은 위험할 수도 있으니 조심하자는 분위기가 생겼습니다, 당시 전신 융합수술은 돈이 없어서 못 받더라도 병이나 사고로 망가진 부분 정도는 기계화하겠다는 사람이 늘어났기에 처음에는 아무도 음모론 같은 걸 진지하게 생각하지 않았습니다. 하지만 어느 날 융합수술을 받은 사람이 흉악한 살인 사건을 저지르고는,

내 잘못이 아니야.

기계가 내 머리를 침식했어. 그래서 잘못 작동했다고.

라고 주장했습니다, 그건 사실 어떻게든 죄를 가볍게 만들기 위한 변명에 불과했지만, 저거 봐, 역시 위험하잖아, 라는 분위기가 조금 생겼고, 사건이나 사고를 일으킨 사람의 융합수술 이력 같은 게 어디선가 유출되어서 리스트가 만들어지고, 그러한 현상을 인권 침해라고 비판하는 운동이나 폭동 같은 것도 조금은 있었습니다. 차츰 있는 그대로의 몸을 사랑하자, 타고난 원래의 몸으로 어떻게 잘 살아갈 수 있을지 생각하자는 분위기가 대세를 이루며 세계적으로 융합수술을 실시하는 수가 크게 줄었고, 새로운 불로불사 연구가 진행되면서 몸에 작은 칩을 심어 관리를 하는 단계에 이르렀습니다.

그래서 융합수술을 받은 사람들은 살아 있는 인간으로 말하자면 자살 조치 같은, 이른바 '정지 조치'를 받을 수 있게 되었는데 이건 고통 없이 뇌에다 어떻게든 손을 쓰는 시술이었습니다, 어디까지나 원하는 사람만 하는 거라 받는 사람도 있었고 상황을 더 지켜보자는 사람도 있었죠. 겉으로 보기에는 알 수 없지만 융합수술을 받았다는 사실이 알려지면 사람들의 시선이 확실히 달라져서, 안 그래도 나갈 생각은 없었지만 사야 언니는 나에게 집에서 나가지 말라고 단호하게 말했고, 신도 집에 잘 데려오지 않게 되었습니다.

하지만 대학을 졸업한 스물넷의 신은 상경하기 전에 사야 언니 몰래 나를 만나러 와서 두 번째로 고백했습니다.

언젠가 이 집에서 (　　)와 함께 살고 싶어요, 그럴 수 있도록 노력할 테니까 그때까지 기다려줄래요?

결국 마리 언니의 파트너에게 연락은 오지 않았습니다, 어떤 사람이었을까요.

마리 언니는 어느 날 갑자기 집에서 뇌출혈로 쓰러져 그대로 죽었다고 들었습니다, 쓰러진 마리 언니를 발견한 것도, 병원에 데려간 것도, 병원에 도착할 때까지 계속 손을 잡아준 것도 전부 그 파트너였다는데. 왜 파트너라고 해요? 배우자가 아니에요? 라고 내가 물었더니, 사야 언니는 파트너십 제도를 이용하긴 했지만 결혼은 할 수 없었으니까, 법이 바뀌지 않았으니까, 유언장이 있었다면 달랐겠지만 갑자기 쓰러졌으니까, 마리 언니는 꽤 젊은 나이에 죽었으니까, 하고 대답했습니다.

이런저런 이유를 들었지만 그 파트너가 받아들였을지는 모르겠어요. 왜 법이 바뀌지 않았냐고 물었더니 사야 언니는 몰라, 다들 별로 바꿀 필요가 없다고 생각하지 않았을까? 라고 했고, 결과적으로 나도 마찬가지죠. 내 일로 벅차서 아무것도 하지 않았으니까요.

마리 언니가 죽었다는 소식을 알려준 사야 언니는 슬퍼하는 기색도 없이 평소처럼, 오히려 마리 언니의 죽음에 즈음해 오랜만에 상경해서 이런저런 수속을 밟느라 바빴던 여파로 조금 흥분 상태인 것 같았습니다. 당시 도쿄나 도시에서는 돈이 없어 치료받지 못한 사람들이 조금 일찍 수명을 다해 죽어나갔기 때문에, 어느 시설이나 화장 예약은 가득 차 있어서 한 달 동안 대기하는 일은 다반사였고, 사야 언니는 화장하지 못해 곤란한 상황에 처한 사람들을 위한 서비스를 이용해서 마리 언니의 시신을 멀리 떨어진 다른 현으로 운반해서 화장했다고 했습니다. 산 사람은 가상공간, 죽은 사람은 화장 공간. 유골이 된 마리 언니는 도쿄로 돌아와 사야 언니가 알아서 정한 납골당에 들어갔습니다, 마리 언니를 만나고 싶으면 지금처럼 가상공간에 접속하기만 하면 돼, 멀리 떨어져 있어도 언제든 갈 수 있거든, 하고 토끼가 말했습니다. 내가 사야 언니한테 괜찮아? 하고 물으니,

응? 뭐가? 완전 괜찮은데? 도쿄는 오랜만인데 엄청나더라, 라이트레일이라고 아니? 노면 전차 같은 건데 신칸센처럼 빠르고 흔들리지도 않아서 쾌적하더라고, 그게 곳곳에 다니고 야마노테선 같은 열차는 이제 없어졌어, 우리 동네에 라이트레일은 아직 깔리지도 않았는데 말야, 뭐, 아마 사람이 없으니 앞으로도 깔릴 일은 없겠지만, 아무튼 도쿄는 대단하네.

하면서 사야 언니는 이런저런 이야기를 했지만 사실 괜찮지 않았고, 곧 나하고 이야기하다가도 갑자기 울거나 침울해지곤 했습니다. 마리 언니가 죽어서 슬픈 게 반이었고, 나머지 반은 언젠가 찾아올 죽음을 생각하며 두려워했습니다. 너는 좋겠다, 나도 융합수술 받을 걸 그랬어, 하고 사야 언니는 어느 날 처음으로 그렇게 말했습니다.

하지만 뭐, 수술할 정도로 큰돈은 없었고, 수술한다고 해도 아버지가 나한테는 수술비를 그만큼 내주지 않았을 거야.

괜찮아, 사야 언니는 계속 칩으로 체내體內 건강도 관리하고 있고 무슨 일이 생기면 신이 바로 봐줄 거잖아. 그리고 노화를 멈추는 연구도 계속 발전 중인 것 같으니까, 아마 10년 뒤쯤에는 아무도 안 죽을 거야, 사야 언니는 아직 예순여덟 살이니까 걱정할 필요 없지. 괜찮아, 안 죽어.

마리 언니도 칩으로 체내 관리하고 있었는데? 하지만 결국 뇌출혈 생겨서 죽었잖아, 못 막았잖아. 절대로 안 일어나는 일은 없어. 살아 있으면 언젠가 죽게 되어 있단 말이야. 아, 너무 싫다. 진짜 싫다. 싫어, 싫어! 그렇게 갑자기 죽고 싶지 않아!

나는 사야 언니가 자유롭게 말하게 두었습니다, 괴로울 때는 이야기해서 뭐든 토해내는 게 좋으니까요. 예전에 나도 위에 있던 것을 토했던 것처럼, 지금 이렇게 아무에게도 이야기하지 않았던 것을 쓰는 것처럼. 사야 언니는 한두 시간쯤 이야기하고 속이 시원해지면 가상공간에서 사라졌지만, 다시 슬퍼지거나 죽는 게 무서워지면 나를 불렀습니다. 나는 그게 기뻤어요, 왜냐하면 나는 이야기하는 걸 좋아하니까 이야기만 할 수 있다면 뭐든 좋았거든요.

그리고 마리 언니가 죽고 나서 반년 뒤에 정말이지 엄청난 대지진이 일어나 수도권이 엄청난 타격을 입었고, 서른두 살의 신이,

생각한 것보다는 조금 빠르긴 한데 이제 둘이서 살아갈

준비가 됐어,

하고 우리 집으로 왔을 때는 더욱 기뻤습니다, 이제부터는 가상공간이 아니라 현실에서 신과 마음껏 이야기할 수 있으니까요.

그렇게 우리는 연인이 되어 같이 살게 되었고 그 사실을 사야 언니에게 보고하러 갔습니다, 그런데 마리 언니의 죽음과 엄청난 재해의 충격이 더해져 사야 언니는 당시 살던 바닷가 마을이 한눈에 내려다보이는 전망대에서 뛰어내렸습니다, 아무리 성능이 뛰어난 칩으로도 그건 예측할 수 없었습니다.

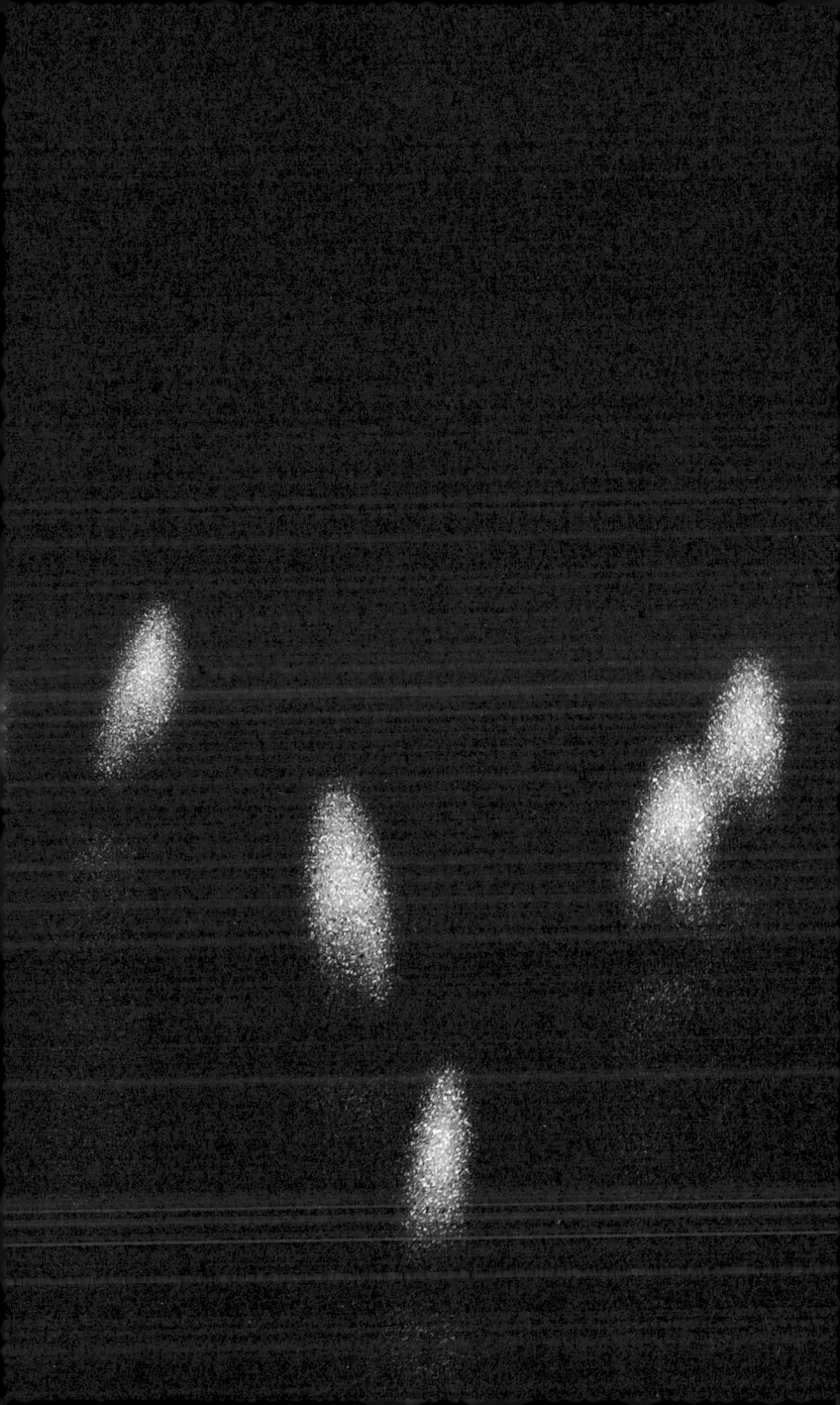

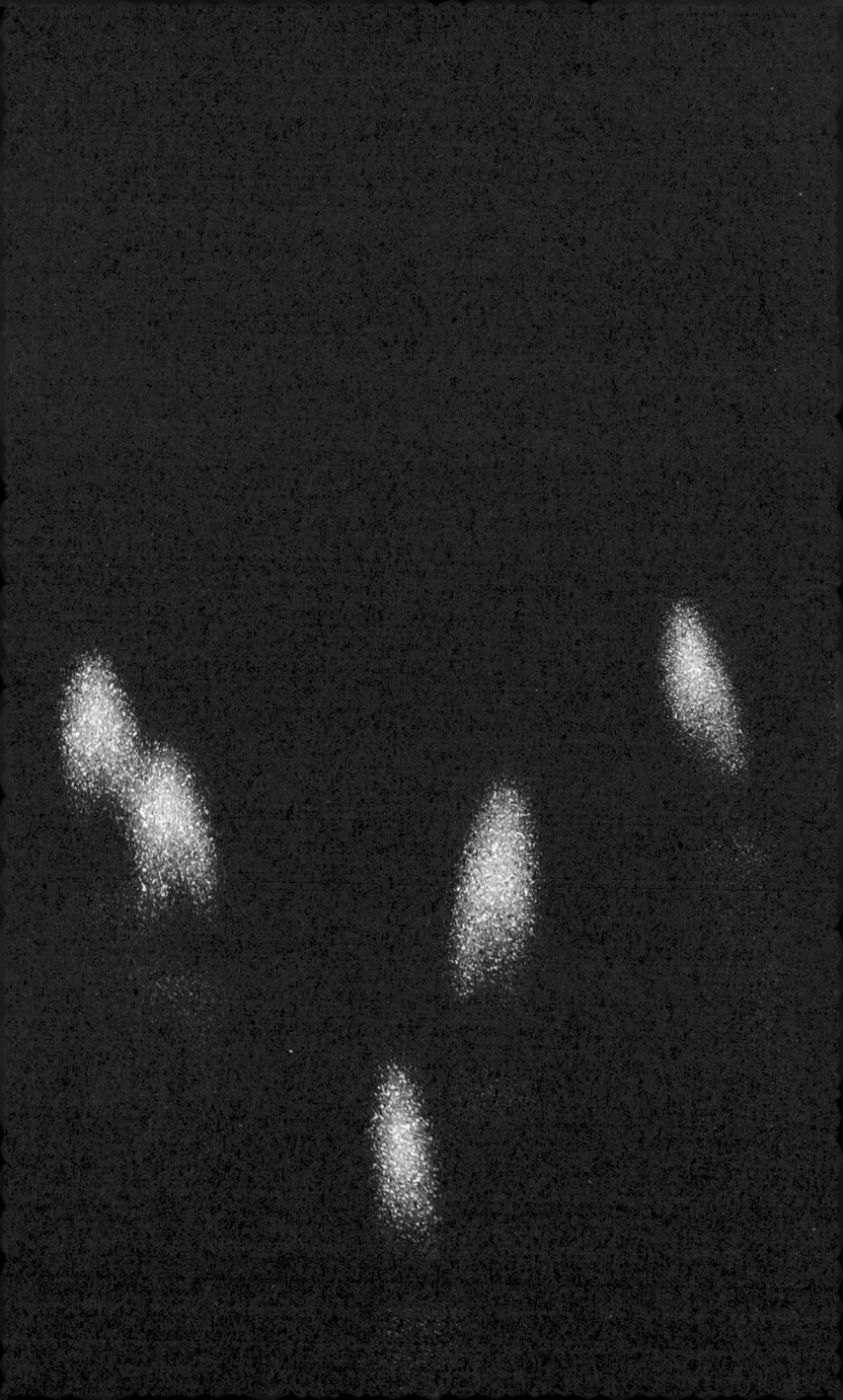

2

 2123년 12월 22일, 이곳은 구舊아키타현 노시로시, 지금은 주민들이 신新일본이라고 부르는 장소. 마을 전체를 뒤덮은 돔이 갖가지 오염과 더위나 습도로부터 주민들을 지켜주고 있어서 아마도 지상에서 인간이 안전하게 살 수 있는 유일한 곳일 거예요.

 하지만 주민들은 사흘 뒤, 크리스마스 날에 우주로 날아올라 인간이 살 수 있는 행성을 찾는 긴 여정을 시작합니다. 왜 떠나는 건가요? 돔이 보호해 주는데 이곳에서 계속 살면 되잖아요? 내 질문에 주민들은 이런저런 이야기를 들려주었습니다. 기후 변동이나 해수면 상승의 영향으로 가까운 미래에 지구는 100퍼센트 인간이 살 수 없는 별이 되어버린다는 계산 결과가 나왔다는 거예요. 그러다 최근 조사 결과 지구에서 약 5광년 떨어진 곳에 인간이 거주할 수 있는 행성이 발견됐다고, 그리고 그 별까지 무사히 도착할 확률은 50퍼센트 정도. 그래서 주민들은 그 50퍼센트의 가능성에 걸어보기로 했다고 합니다. 우주선에서 번식하고 생명을 이어나가면서요. 무섭지 않나요? 나는 물었습니다. 어쩌면 그 별에 도착하지 못하고 영원히 우주를 떠돌게 될 수도 있고, 우주선이 고장 나기라도 하면 모두 죽을 수도 있잖아요? 그러자 주민 중의 한 사람인 도무라 씨가 미소를 지으며 말했습니다. 도무라 씨는 내가 이곳에 온 뒤로 계속 내 상태를 살펴준 사람으로, 겉보기에는 여성으로 보이는 사람입니다.

인류를 위해 필요한 일이니까요. 언젠가 사람이 살지 못하게 될 곳에 계속 머무는 건 비합리적이죠. 우리에게 무섭다는 감정은 없습니다.

이것이 새로운 인류구나, 하고 나는 감탄했습니다. 지금 대략 서른 살에서 마흔 살 전후의 사람들은 모두 체외수정으로 태어난 사람들이라고 합니다. 의료과학시설의 인공 자궁 안에서 자랐고, 태어나자마자 뇌와 인공지능이 융합되어 사고는 한없이 인공지능에 가까운 이 사람들은 감정에 좌우되지 않으며 늘 합리적인 판단을 내릴 수 있어서 더 나은 삶을 추구할 수 있다고 합니다. 그래서 곳곳에 갖가지 재해가 일어나서 정부나 공공기관이 정상적으로 기능하는 게 불가능해진, 식량도 부족해지고 인구도 점점 줄어들어 거의 멸망해 가고 있는 이 일본에서 오늘날까지 마을을 유지하고 질서를 지키며, 일찍이 이곳에서 실행되던 우주 연구의 흔적에서 기술을 모아 우주선을 만들어낼 수 있었던 것입니다. 도무라 씨는 그런 것들을 알려주었습니다. 이미 수정란일 때 유전체 편집을 거쳤기 때문에 최소 200년은 젊은 몸으로 살아갈 수 있다는 거예요. 굉장하지요.

2주 전, 내가 이 마을을 찾아왔을 때는 나를 내쫓자는 의견도 나왔던 모양인데, 여러모로 조사한 끝에 위험하지 않다는 게 밝혀지자 그들은 흔쾌히 나를 받아들여 주었습니다. 나 스스로는 사실 잘 몰랐는데, 오염된 고온의 공기 속에서 오래 걸은 탓에 몸 곳곳이 고장 나 있었나 봅니다. 주민들이 자란 의료과학시설에서 응급 처치를 받고, 지금은 시설 안에 자리한 작은 방에서 쾌적하게 지내고 있어요, 가구부터 벽까지 모든 것이 하얗고 깨끗한 곳이에요. 하지만 새 몸에 뇌를 이식하고 각종 처치를 받지 않으면 앞으로 내가 움직일 수 있는 시간은 길어봤자 반년에서 1년쯤이라고 합니다. 그리고 그 처치는 당장 이 마을에서 하기에는 시간이 부족하니까 한다면 우주선 안에서 해야 한다고 하니, 그러니까 나도 주민들과 함께 우주로 떠날지를 내일, 23일까지 정해야만 합니다.

    주민들에게 나는 무척 신기한 존재인 것 같아요. 이미 과거에 사라진 융합수술을 받은 사람 중에서 아마도 유일한 생존자, 게다가 규슈에서 걸어서 이곳까지 왔다니. 주민들은 내 이야기를 듣고 싶어 했습니다. 그 고철 덩어리 같은 몸으로 살아가는 건 어떤 느낌인지, 100년 전의 일본은 어떤 나라였는지, 내가 지나온 바깥 세계는 지금 어떤지. 나는 주민들에게 이야기해 주었습니다. 종이에 가족사를 적었을 때만 해도 이런저런 사정으로 인간은 모두 죽었다고 썼지만 그건 사실과는 달랐습니다. 이곳에 도착할 때까지 나는 지하에, 숲에, 해변에 독자적인 작은 공동체를 만들어 살아가는 사람들을 봐왔습니다. 현재 일본에서 가장 안전한 마을은 아마 이곳일 테니 가보라고 알려준 사람도 그들이었습니다. 하지만 그들은 이제 제대로 몸을 움직이지 못하고 그저 죽음을 기다릴 뿐이라 힘들어 보여서, 내 이야기를 들어달라고 하지는 않았습니다. 그래서 간신히 이곳에 도착해서 건강해 보이는 주민들이 나를 맞이해 주었을 때는 기뻤습니다. 역시 아무리 말하듯이 써도, 쓰는 건 쓰는 것이라서 이야기하는 것과는 전혀 달랐거든요. 나는 집에서 써서 가져온 가족사를 주민들에게 건넸습니다. 그걸 다 읽은 뒤에 다음 이야기를 하려고 했습니다.

하지만 주민들은 내가 어떻게 살아왔는지에 대해 그다지 관심이 없어 보였어요. 이곳의 주민들은 더 나은 삶을 추구하는 것과 종을 존속하는 것만이 삶의 목적이었고, 현재의 나는 그 어느 쪽과도 상관없는 사람이라 나에 대해 알아봤자 의미가 없기 때문인 것 같았습니다. 그런 나를 도우려는 건 어디까지나 윤리적인 관점에서였고, 여기서 나를 버리면 오히려 주민들에게 회한을 남길 가능성이 있다고 했습니다. 그건 질서의 붕괴로 이어질 수 있다고요,

( ) 씨에게 손을 내민 건, 우리가 생각하는 정의를 준수하기 위해서입니다. 약자를 돕는 일은 우리가 최우선적

으로 고려할 사항이거든요. 그렇게 해서 우리는 우리 공동체의 결속을 더욱 굳건하게 다질 수 있답니다. 바꿔 말하면 우리를 위해서라고도 할 수 있지요.

도무라 씨는 내 질문에 전부 정중하게 대답해 줍니다. 그리고 나에게 말벗용 기기를 지급해 주었습니다. 몇십 년 전에 발매된 낡은 기기인데 누군가가 이 마을이 생겼을 때 가져왔는지, 시설 창고 같은 곳에 잠들어 있던 것 같아요. 계속 종이에 적었던 걸 지금 나는 이 기기에 대고 말하고 있습니다. 일단 기록만 하고 있는데, 대화 모드를 선택하면 입체 영상이 나와 이것저것 말을 걸어줍니다. 좋은 아침이에요, 점심 드셨나요, 저녁이 됐네요, 잘 지내시나요? 오늘 하루는 어땠나요? 내일은 어떤 하루가 되었으면 좋겠나요? 좋아하는 건 뭔가요? 싫어하는 건 뭔가요? 장래의 꿈은 뭔가요? 안녕히 주무세요.

하지만 기기를 받고 내가 실망한 표정을 지었는지 도무라 씨가 직접 내 이야기를 들으러 오게 되었고, 얼마 전에 정말로 방으로 찾아왔습니다. 도무라 씨는 이런저런 준비로 바쁘지만 앞으로 동료가 될지도 모르는 내 정신을 돌보는 것도 업무의 일환이라고 합니다. 이거 지금 나 혼자서 기억을 전부 떠올리고 이야기하고 기록하는 것도 상관없긴 한데, 방이 너무 조용하니까 왠지 도무라 씨 목소리가 듣고 싶네. 그래서 아까 기기에 대고 이전 녹음 기록은 없나요? 하고 물었더니 금방 데이터를 주는 거 있죠. 굉장하지 않나요? 여기에는 뭐든지 있나 봐요. 도무라 씨는 지난번 일이나 나를 떠올린 적이 있으려나, 바쁘니까 없겠지.

죄송합니다, 많이 기다리셨죠.
아, 도무라 씨, 안녕하세요.
안녕하세요. 몸은 좀 어떠세요?
덕분에 아주 좋아요, 감사합니다.
다행이네요. 방은 마음에 드시나요? 불편하신 점은 없나요?
없어요. 아주 깨끗하고 편안한 곳이에요. 나한테 이렇게까지 잘해주셔서 감사해요.
별말씀을요. (   ) 씨는 귀한 손님이니까요. 그리고 앞으로 저희 동료가 될지도 모르잖아요.

그때도 느꼈지만, 도무라 씨의 목소리는 무척 좋습니다.

중심이 잡혀 있으면서도 너무 매섭지 않고 부드러운 목소리입니다. 도무라 씨는 실례하겠다며 고개를 까딱 숙이고는 방에 있는 1인용 소파에 앉았습니다. 나는 침대에 앉아 있었습니다. 잠을 잘 필요는 없지만 달리 할 일이 없기도 하고 여기서는 바깥 풍경도 보이지 않아서 계속 침대에 누워 지냈습니다. 방문은 언제나 밖에서 잠겨 있었는데, 이에 대해서는 처음에 설명도 들었던 데다 딱히 가고 싶은 곳도 없었기 때문에 상관없었습니다.

저, 내가 드린 가족사 읽으셨나요?
네, 읽었습니다. 이야기가 하고 싶으시다고 하셨지요.
네, 맞아요. 음…….
어떤 이야기가 하고 싶으신가요?
네?
친아버지에게 받았던 육체적 학대 및 정신적 학대가 원인이 된 심적 외상을 제거하고 싶으신가요? 아니면 언니를 자살로 몰아간 것에 대한 죄책감, 또는 조카와 관계를 가진 것에 대한 죄책감을 해소하기를 원하시는지요? 그것도 아니면 (   ) 씨는 작금의 상황을 돌이켜 봤을 때 앞으로 어떻게 살아가야 할지 불안을 느끼시는 상황인가요? 필요하다면 상담을 안내해 드리겠습니다. 아니면 종교적으로 접근하여 이를테면 목사의 설교나 승려의 설법이 필요하시다면 간략하기는 하지만…….

아, 괜찮아요. 상담도, 목사님도, 설법도 필요 없어요. 나는 그냥 이야기만 할 수 있으면 돼요.

무슨 말씀이시죠?

그냥 이야기하고 싶다고요. 아빠한테서, 그러니까 육체적, 정신적 학대를 받기 전부터 난 원래 말하는 걸 좋아하는 사람이었어요. 그러니까 괜찮아요.

그러셨군요. 알겠습니다.

그리고 나는 신과 관계를, 성적인 의미에서의 관계는 맺지 않았어요. 그럴 수 없었죠. 융합수술을 받은 뒤로 내 몸은 그런 일이 불가능해졌거든요.

아, 그렇군요. 실례했습니다. 불쾌하게 해드려서 죄송합니다.

아뇨, 괜찮아요. 그러니까 저기, 도무라 씨는 그냥 거기 계시면 돼요. 맞장구도 안 쳐도 돼요. 가족사를 썼을 때처럼 한 번에 떠들 테니까.

예, 알겠습니다. 그게 (   ) 씨에게 도움이 된다면요. 괜찮으시다면 이야기 내용을 기록으로 남겨도 될까요?

기록이요, 왜요?

공동체의 안전을 유지하고 유사시에 대응하기 위해서입니다. 우리는 평소에도 개개인의 뇌를 통해서 생체 데이터나 각종 대화를 자동으로 관리 시스템에 기록합니다. 당연히 개인정보는 보호되고요. 필요하다면 시스템에 접속해서 정보를 조회하겠지만 그것도 권한을 가진, 한정된 사람만 가능한 일입니다. 지금부터 (   ) 씨가 말씀하신 내용이 외부로 유출될 일은 기본적으로 없을 테니 안심하셔도 좋습니다. 물론 그래도 불편하면 사양하지 말고 말씀해 주세요.

아…… 음, 기록하지 않아도 도무라 씨는 계속 기억하고 있으시죠? 내 머리에 메모리가 있는 것처럼, 내 이야기나 표정까지 전부 다요.

네. 하지만 제가 지금 드린 질문은 제가 기억한 내용을 관리 시스템에 기록해도 문제가 없느냐는 겁니다. 관리 시스템은 공동체를 유지하기 위해 모든 정보를 일원적으로 관리하고 있는데, 그쪽에서 지금부터 할 이야기를 관리해도 되느냐는 뜻으로 혹시나 해서 여쭤봤습니다.

아, 이해했어요……. 미안해요, 내가 바보라서. 한 번에 알아듣지 못해가지고.

아뇨, 그런 말씀 마세요. 괜찮으신가요?

네, 문제없어요. 하나도. 아, 하지만 그렇게 되면 이런저런 이야기를 듣고 나서 날 싫어하게 되는 건…… 아니죠?

마음 놓으세요. 저는 무언가를 좋아하는 감정을 느끼는 일은 있어도, 싫어하는 감정을 느끼는 일은 거의 없습니다. 더 나은 삶을 추구하는 데 기본적으로 마이너스 감정은 필요하지 않으니까요. 주민들도 마찬가지입니다. 하지만 이야기의 내용에 따라 (　　) 씨가 공동체의 존속을 뒤흔드는, 극단적으로 위험한 사상을 가졌다는 게 밝혀진다면 그때는 대응을 검토할 겁니다.

위험한 사상…….

하지만 사전에 가족사를 읽어보고 그럴 가능성은 무척 적다고 판단했습니다.

아, 그렇군요. 잘은 모르겠지만, 나는 그런…… 아, 하지만 나는 사야 언니를 죽였어요. 직접 어떻게 손을 쓴 건 아니지만요. 그리고 나는 아마 신의 인생도 망쳐버렸을 거예요, 그건 관계를 가지는 것보다 더 끔찍한 일이에요.

경청하는 자세에 관해서 다시 확인하고 싶어서 말인데, 아까 (　　) 씨는 저에게 그냥 거기 있어주면 된다고, 맞장구 같은 것도 안 쳐도 된다고 하셨습니다. 계속해서 지시하신 내용에 따라도 문제없을까요?

네, 부탁해요. 그러는 게 나도 편해서.

알겠습니다. 그럼 (　　) 씨가 편하신 대로 말씀해 주세요. 저도 지금부터 기록을 시작하겠습니다.

감사합니다. 그럼…… 가족사에 썼던 내용에서 이어지는데, 그래서 음, 사야 언니가 죽고, 아, 그사이에 생략한 부분이 많으니 보충을 하자면, 사야 언니는 나와 신이 찾아간 그날 바로 충격을 받아서 전망대에서 뛰어내린 게 아니에요, 우리에게 갖가지 비난과 비방을 쏟아낸 뒤에 조금 차분해져서, 일단 오늘은 그만 돌아가라고 했어요. 2024년 1월 1일에 엉망이 된 아빠를 봤을 때처럼 지금은 아무 생각도 할 수 없다는 말을 되풀이하는 걸 보고, 그랬지, 맞다, 사야 언니는 이런 성격이었지, 하고 나도 납득했어요. 가상 공간 속 아바타가 아니라 오랜만에 실물로 만난 현실의 사야 언니는 68세라고 하기에는 무척 늙어 보였어요. 눈 밑

주름도 심했고 얼굴이며 몸이며 전체적으로 탄력이 없고 지쳐 보였거든요. 방에는 약들이 잔뜩 있었어요, 아마 수면제나 정신안정제 같은데, 당시에는 이미 한 알만 먹어도 오랫동안 효과를 볼 수 있는 정신질환 약이 나와 있었으니까 그렇게 약을 많이 먹는다는 거 자체가 이상했지만, 약이 잘 안 듣는 체질을 아빠한테서 물려받았나 보다 했어요.

나는 사야 언니 말대로 돌아가려고 했어요. 하지만 신은 사야 언니에게 인정받고 싶었는지 나를 집까지 데려다준 뒤에 다시 돌아가서 그날 밤은 바닷가 그 마을에서 묵었어요. 신은 나에게,

괜찮아, 엄마는 나한테 맡겨. 엄마도 이해할 수 있게 노력해 볼게.

라고 올곧은 눈으로 말하고는 나를 한번 껴안은 뒤 사야 언니의 집으로 갔어요. 나는 이때, 아마 평생 이해하지 못할 것 같다고 생각했지만, 그 이상은 딱히 아무 생각도 하지 않았습니다. 그래서 다음 날 오후에 신에게 사야 언니가 전망대에서 뛰어내렸다는 연락을 받고는 서둘러 바닷가 마을로 가려고 했거든요, 그런데 신은,

(　　)는 오지 마. 여러 가지로 복잡해질지도 몰라,

라고 했습니다. 그야 그렇겠지요. 늘 그랬으니까. 나는 집에서 멍하니 있었고, 신은 사야 언니가 뛰어내렸다고 했지만 죽었다고는 하지 않았습니다. 지금쯤 병원에서 수술을 받고 있을지도 모르겠네, 요즘 시대에 웬만한 일 아니고서야, 이를테면 뼈가 부러져도 내장이 파열되어도 다 방법이 있으니까 그리 쉽게 죽지 않잖아, 분명 괜찮을 거라고 생각했거든요. 하지만 두 시간 뒤에 다시 신이 연락을 해서,

엄마가 죽었어, 할 일이 많으니까 한동안 여기 있을게.

하고 말했을 때는 정말 뜻밖이었죠. 사야 언니가 죽다니. 전망대가 그렇게 높았나? 도저히 고칠 수 없을 정도로 몸이 엉망이 되었을까? 출혈이 너무 심해서 어찌할 도리가 없었나, 과거의 엄마처럼? 사야 언니는 죽는 걸 그렇게 두려워했는데 자살이라니. 아니지, 내가 죽였지. 나와 신이 연인이 되지 않았다면 사야 언니는 죽지 않고 앞으로 최소한 30년은 더 살았을 텐데. 뭐 규슈에도 지진이나 폭우나 홍수 같은 재해가 많이 일어나니 실상은 모를 일이지만, 그런 재해로 조금 더 일찍 죽었을 수도 있겠지요. 하지만 그때 죽지는 않아도 됐을 거잖아요.

사야 언니에 관한 모든 수속을 마치고 집으로 돌아온 신은 초췌했고, 죄책감에 시달리고 있었습니다. 내 얼굴을 보기 괴로워하는 것 같았어요. 미안하다는 말만 남기고 2층에 틀어박혀 있는 신을 보고 나는 이대로 신이 아빠처럼 변해버리면 곤란할 것 같다고 생각했단 말이에요. 그, 나만 떠들어서 재미없지요?

불현듯 신경이 쓰여서 무심코 물어버렸습니다, 하지만 도무라 씨는 내가 이야기하기 시작했을 때부터 하나도 달라지지 않은 표정으로, 어렴풋하게 미소를 띤 표정 그대로 고개를 저었습니다.

아뇨, 아무 문제도 없어요. 말씀하세요.

죄송해요, 재미없는 사람이라. 왜 그럴까, 신에게 떠들어댈 때는 나 혼자 얘기해도 아무렇지 않았는데…… 저기, 도무라 씨는 취미가 뭐예요?

취미요?

네. 평소에 일이 없을 때는 뭘 하고 지내세요?

지구 밖 생명체의 언어를 연습한답니다.

……네? 외계인의 언어 말인가요?

간단하게 말하면 그렇겠네요.

진짜로 있나요? 외계인이?

이 넓은 우주에 외계인이 없다고 생각하는 게 더 부자연스럽지 않나요?

와…… 그들의 언어를 연습한다는 건, 이미 외계인의 메시지가 지구에 도착했다는 건가요?

아쉽지만 아직이에요. 하지만 앞으로 우리가 우주를 여행하다 보면 만날지도 모르지요. 그때를 위해 연습하고 있어요.

연습을 한다고요? 연습을 어떻게 하는데요?

프로그램이 자동으로 가공의 언어를 생성하면 그 구조를 규명하거나 무엇을 전달하려 하는지 이해하고, 우리가 전달하고 싶은 걸 표현하면서 연습해요. 지구 밖 생명체의 언어는 말과 문자뿐 아니라 그림이나 전기 신호, 여러 가지 조합도 생각할 수 있답니다. 다양한 패턴을 상정해서 날마다 연습하고 있어요.

……우와.

나는 도무라 씨의 이야기에 너무나도 관심이 생기지 않았지만, 그렇다고 우와, 라고만 하다니 무척 성의 없이 반응했다고 생각했습니다. 도무라 씨가 보기에 나는 엄청난 바보, 우주에 데려갈 가치도 없을 텐데, 도무라 씨가 그렇다고 나를 무시하는 낌새는 전혀 보이지 않았고 표정도 바뀌지 않아서 조금 섬뜩할 정도였습니다. 그럼에도 나는 다른 질문을 하기로 했습니다.

저기, 도무라 씨는 연인이 있으신가요? 대답하기 싫지 않다면 알려주시겠어요?

괜찮습니다. 다섯 명쯤 있어요.

다섯 명이요. 그거…… 대단하네요.

어떤 점이 대단한데요?

음, 많구나 싶어서. 일반적으로 생각하면요.

예전에는 그랬을지도 모르겠네요. 구일본 시대에는 법률로 일부일처제를 정해놓았다고 들었습니다. 하지만 지금 우리 공동체에서는 다섯 명이면 평균이에요.

그렇군요. 어쩌다 그렇게 됐나요?

사랑을 제한하는 건 어리석은 일이지 않나요? 기나긴 삶에서 오직 한 사람의 배우자와만 살아야 한다니, 처음부터 불가능한 얘기잖아요. 생식도 완전히 통제되고 있으니 상대에게 성실할 수만 있다면 아무리 연인이 늘어도 문제없고, 오히려 사랑하는 대상이 많다는 건 인생을 풍요롭게 하기에 환영할 일이라고 우리는 생각한답니다.

와…… 대단하네요. 하지만 그렇게 연인이 많으면 힘들지 않나요? 만나는 시간 같은 건 어떻게…….

지금이야 우주로 떠날 준비를 하느라 조금 바쁘지만, 사정을 이야기했더니 모두 이해해 줬어요. 남자 친구, 여자 친구 들과는 지구를 떠난 뒤에 느긋하게 시간을 보내면 되니까요.

아…… 그럼 지금 이렇게 나하고 이야기하느라 연인들과도 못 만나는 거죠? 미안해요, 나 때문에.

아니에요, (　　) 씨는 신경 쓰지 마세요. 이것도 일이니까요.

정말, 이렇게 이야기하고도 표정은 밀리 단위로도 바뀌지 않는다니. 기계나 인공지능이 얼굴 근육을 제어하고 있는 걸까, 나도 웃는 얼굴이라면 저럴 수 있지만 역시 성능의 차이가 있구나, 하고 생각했습니다. 도무라 씨는 좋은 사람입니다. 일이라도 내 이야기를 끝까지 들어줍니다. 나는 사양하지 않고 도무라 씨에게 응석을 부려야겠다고 생각했습니다. 도무라 씨의 남자 친구와 여자 친구, 연인 들에게 마음속으로 사과하면서.

하지만 내 마음은 어디에 있는 걸까요.

아까 이대로 신이 아빠처럼 변해버리면 곤란할 것 같다고 생각했습니다, 라고 하셨죠.

입을 다문 내가 이야기를 계속하도록 유도하는 것 같았지만, 그렇다고 채근하기보다는 살며시 등을 밀어주는 듯한 말투였습니다.

아, 네. 맞아요. 아빠처럼 모든 걸 놓아버리고 제대로 씻지도 않는다거나, 그러다 치매에 걸리기라도 하면 큰일이라고 생각했거든요. 하지만 결론부터 말하자면 문제는 없었어요. 계속 방에 틀어박혀 있었지만 씻기도 했고 식사도 직접 만들어서 방에서 먹는 것 같았고요. 하지만 나를 계속 피하길래 나도 신을 배려해서 그의 눈에 띄지 않으려 했습니다. 사야 언니가 자살해서 그 원인 제공자인 나를 싫어하게 된 건가 했는데, 나중에 물어보니 신은 그럴 리가, 하고 대답했습니다. 그럴 리가, 내가 (   )를 싫어할 리 없잖아, 라고요. 사야 언니가 죽고 나서 딱 1년 뒤에, 집 밖에서 풍경을 바라보고 있는데 신이 다가오더니 뒤에서 날 끌어안았어요.

미안해. 계속 혼자 둬서.

신은 그렇게 말하더니 내 몸을 껴안은 팔에 힘을 주었습니다.

오늘부터 우리 둘, 연인으로 지내자. (   )가 좋아. 사랑해.

돌아보니 신과 눈이 마주쳤고, 신은 얼굴을 들이대고 나에게 키스해 줬습니다. 처음으로 둘이 나눈 키스였습니다. 이것이 우리가 할 수 있는 최대한의 연인다운 행위였고, 그 이상의 일은 평생 없었습니다. 애초에 할 수 없기도 했고, 신도 사야 언니한테서 아빠가 나에게 어떤 짓을 저질렀는지 들어서 알고 있었기 때문입니다. 나는 지금도 남자를 잘 모르지만 힘들지 않을까 싶어서 신에게 힘들지 않아? 하고 물어본 적이 있습니다. 그러자 신은 안 힘들어, 충분해, 라고 말해줬습니다.

나는 (   )가 곁에 있으면서 껴안거나 가끔 키스할 수 있으면 그것만으로도 충분해. 아주 오래전부터, 어렸을 때부터 (   )를 좋아했으니까 지금 이 모든 게 꿈만 같아.

라고요.

그때부터 우리는 작은 집에서 오붓하게 살면서 서로 기

대어 창밖으로 펼쳐진 풍경을 바라보기도 하고, 11월부터 2월까지 그렇게 덥지 않은 시기에는 손을 잡고 산책을 나가기도 했습니다. 신은 내 몸을 정비하기 위해 2층에 있는 방 세 개 중 하나를 검사실로 삼아서 다양한 장치나 도구를 갖추고는 때로 그곳에서 내 상태를 확인했습니다. 밤이면 신과 같은 침대에서 서로 껴안고 누웠어요, 나는 신의 잠든 얼굴을 보거나 심장 소리를 듣고, 가끔은 신과 입을 맞추기도 했습니다. 내가 먼저 입을 맞춰주면 신은 무척 기뻐했습니다.

나, 지금 진짜 행복해.

그래서 신이 마흔이 되었을 때, 오랫동안 다른 여자와 섹스했다는 걸 알았을 때는 깜짝 놀랐습니다.

아라타 씨는 사전에 다른 여성과 섹스하겠다고 허락을 구하지 않았던 건가요?

도무라 씨는 이 대목에서 비로소 조금 놀란 듯 소리를 높여 말했습니다. 나는 왠지 기뻤습니다.

네, 맞아요. 상대 여성이 집으로 찾아왔을 때 처음 알았거든요. 두 배로 놀랐어요.

성실한 태도라고는 할 수 없네요. 우리 공동체에서는 그런 불성실한 행동은 경멸의 대상이 됩니다. 의리를 배신하는 행동이니까요. 괴로우셨겠어요.

아, 나중에 자세히 말할 건데 사실 전혀 괴롭지 않았어요. 좌우지간 그때는 깜짝 놀랐죠.

그렇군요. 당연히 놀랍다는 감정이 먼저였겠어요. 그 여성은 무슨 목적으로 찾아왔나요? (　　) 씨에게 아라타 씨와 헤어져 달라고 말하려고 온 건가요?

아뇨, 그런 게 아니었어요. 처음에는 그 사람도 저하고 이야기할 생각 같은 건 전혀 없는 것 같았어요.

보고 싶었어요, 아라타가 좋아하는 사람이 어떤 사람인지. 아라타에게 물어봐도 아주 사랑스러운 사람이라고만 했거든요. 그래서 그냥 한번 보고 싶었을 따름이에요.

그 사람은 태양 할 때 양陽에 해바라기 규葵 자를 써서 히마리라는 이름을 쓰는 사람이었는데, 머리카락이 짧고 똑 부러지는 인상의 예쁜 사람이었어요. 히마리 씨는 신하고 고등학교 동창으로, 스쿨링에서 처음 만난 뒤로 계속 신을 좋아한 것 같았습니다. 신이 의사가 되려는 걸 알고는 그를 따라 공부해서 의사가 되었고, 같은 병원에 취직했을 무렵부터 신의 제안으로 이따금 섹스하는 사이가 되었다고요. 용기를 내서 신에게 정식으로 사귀고 싶다, 결혼하고 싶다고 말했지만 신은 좋아하는 사람이 있다며 번번이 거절했대요, 그러다 도쿄에서 큰 지진이 일어나서 신은 병원을 그만뒀고 병원 자체도 간사이 쪽으로 옮기게 되어서 히마리 씨는 이 관계도 이렇게 끝나는 건가 했답니다. 그런데 어느 날 신이 시간 날 때 후쿠오카로 와줄 수 있어? 라고 연락하길래 갔더니 아무 일도 없던 것처럼 또 섹스를 했대요. 그때부터 몇 년 동안 그런 관계가 계속되고, 그만둬야겠다고 생각했지만 좋아하는 마음이 있으니까 그만둘 수도 없고, 부르면 가는데 연인 사이는 될 수 없고. 그렇게 한계에 도달한 히마리 씨는 다양한 방법으로 신이 지금 사는 집과 나에 대해서 조사한 끝에 규슈의 그 산골짜기까지 찾아온 거예요. 나는 평소처럼 창밖으로 풍경을 바라보다가, 어? 사람이 있네? 게다가 이쪽을 보는 것 같아, 혹시 근처로 이사 온 사람일까? 하고 망설이다가 밖으로 나가서 히마리 씨에게 말을 건 거고요. 그때 도시가 지진으로 파괴되면서 시골로 이주하는 사람들이 종종 있었거든요. 신은 동네 사람들을 대상으로 저렴한 가격에 왕진을 다니곤 했으니까 그날도 왕진 중이라 집에 없었어요. 안녕하세요, 하고 인사를 건네자 히마리 씨는 놀랐는지 살짝 뒷걸음질 치면서도 나한테서 시선을 떼지 않은 채, 당신이, 하고 말문을 열었어요.

당신이 아라타의 연인인가요?

네? 아, 네. 나는 그렇게 대답하고, 혹시 신의 친구인가요? 미안한데 신은 지금 일하러 가서 집에 없으니 괜찮으면 들어와서 기다리세요, 했더니 히마리 씨는 망설이면서도 따라왔고, 나는 거실로 안내해 차를 내주었어요, 가족이 아닌 손님이 집을 찾다니 신선한 기분에 가슴이 두근거리고 그랬는데, 히마리 씨에게서 오랫동안 신하고 섹스했다는 이야기를 들은 거예요. 때마침 한 달 전에도 연락을 받아서 후쿠오카에서 만났다고 그러고. 그러고 보니 분명 그날은 신이 조금 늦는다고 한 날이었다는 게 떠올랐죠.

아라타는 여기서 어떻게 살고 있죠? 어떤 식으로 당신을 대하나요?

히마리 씨의 물음에 나는 누군가에게 신에 대해 이야기하는 게 처음이라서 다시 신선한 기분을 느끼며 아까 도무라 씨에게 했던 것과 같은 이야기를 그대로 했어요. 이상한 일이지만, 이야기하면서 어쩌면 히마리 씨가 예전에 같이 해파리 사냥을 했던 여자가 아닐까 싶더라고요.

해파리 사냥이요. 꿈 이야기인가요?

맞아요, 가족사에도 썼던 꿈이요, 인간이었을 때 꾸었던 마지막 꿈, 해파리가 공중에 떠다니다가 사람들 머리에 달라붙어서 해파리로 만들어버리는 꿈. 나는 어떤 여자와 함께 커다란 병을 들고 곳곳을 돌아다니며 해파리를 빨아들여서 붙잡았단 말이에요. 그리고 그 사람과 같이 미술관에 가서 아주 큰 그림을 보았는데, 숲속에서 희미하게 빛나는 꽃으로 에워싸인 서양식 저택을 그린 그림이었어요. 내가 아름다운 그림이라고 하니까 그 사람은 마치 친구처럼 웃어줘서 나는 기분이 좋아졌지요. 어째서 그렇게 생각했는지는 모르겠지만 히마리 씨를 보는 동안 히마리 씨의 생김새나 분위기가 왠지 그 사람과 닮았다는 생각이 들어서, 나는 혹시 해파리 사냥을 하는 꿈을 꾼 적이 없냐고 물어보고 싶었어요. 히마리 씨는 신과 동갑이라 내가 그 꿈을 꾸었을 때는 아직 태어나지 않았거나 갓난아기였을 테니 그럴 리가 없겠지만, 태어나지 않았거나 갓난아기였더라도 꿈은 꿀 수 있을지도 모르고, 꿈속에서 성장해 어른이 될 수도 있잖아요? 그렇다면 나는 히마리 씨와 친구가 될 수 있을 거란 생각에 꿈에서처럼 기분이 좋아졌어요. 만일 히마리 씨와 친구가 될 수 있다면 더 많이 이야기하고 싶다. 내 이야기도, 가족 이야기도, 신 이야기도, 히마리 씨에게 다 들려주고 싶었어요, 애초에 신이 아닌 사람과 이야기한 게 너무 오랜만이라 그것만으로도 기뻤거든요.

하지만 내가 신에 대해 이야기하는 중에 히마리 씨는 긴 속눈썹이 드리운 고운 눈동자에서 눈물을 한 방울, 한 방울 흘리기 시작했기 때문에 꿈 이야기는 하지 못했습니다.

신은 정말 당신을 좋아하는군요.

그 한마디만 들어도, 나는 히마리 씨가 신을 얼마나 좋아하는지 알 수 있었습니다.

음, 저기, 오해하지는 말아 주세요, 히마리 씨는 무척 좋은 사람이었어요. 내가 신의 이모인 것도, 융합수술을 받아서 인간이 아니게 된 것도 알고 있었는데도 편견 섞인 감정 같은 건 히마리 씨에게서 전혀 느끼지 못했거든요.

이야기 많이 들려주셔서 감사합니다. 만나 뵌 덕에 포기할 수 있었어요. 아라타가 했던 말도 이해가 가네요, 정말 사랑스러운 분이라고 했거든요.

히마리 씨는 무척 다정한 눈으로 나를 바라보았습니다.

이제 아라타와 만나지 않을 테니 마음 놓으세요.

히마리 씨는 에어카를 타고 하늘을 날아 돌아갔습니다. 자동차가 어느새 이렇게 진화한 거지, 신은 사야 언니가 남긴 차를 계속 탔기 때문에 에어카를 실제로 본 건 처음이었습니다. 그런 생각을 하다 보니 저녁이 되어 신이 돌아왔습니다.

나 왔어. 오늘은 어떻게 지냈어?

대답은 늘 같았는데 항상 즐겁게 물어봐 주는 신에게 오늘은 히마리 씨라는 사람이 왔어, 하고 말하니 신은 순간 동작을 멈추고는 만화나 드라마, 영화에서 본 것처럼 바닥에 털썩 주저앉아 숨을 헐떡이며 흐느끼기 시작했습니다.

자신이 (　) 씨를 배신한 걸 후회했기 때문인가요? 그런 거라면 처음부터 허락을 구하면 될 것을.

도무라 씨는 어처구니가 없다는 듯 나에게 물었습니다.

음…… 나는 신이 아니라 잘은 모르지만, 그러게요. 신은 몇 번이나 미안, 미안하다고 사과했어요.

미안, 그런 게 아니야. 아니야, 그게 아닌 게 아닐지도 모르지만, 하지만 아니야, 걔를 좋아했다는 게 아니야, 내가 좋아하는 사람은 (　)고, 평소에는 손을 잡거나 껴안거나 키스하는 것만으로도 정말 행복했어, 거짓말이 아니라 정말 그랬어, 그러니까 불만이 있던 건 아니고, 가끔씩 성욕을 주체할 수 없어질 때가 있었는데 그럴 때 걔는 딱 좋은 상대였어, 연락하면 언제든 와줬으니까, 하지만 걔한테 그 이상의 감정은 조금도 없어, 그렇지만 정말, 정말 미안해, 이런 말을 할 염치도 없지만 제발 날 싫어하지 말아줘, 날 버리지 마, 정말 괴로울 정도로 (　　)를 사랑한다고, (　　)가 없으면 난 못 살아, 걔하고는 이제 다시는 절대로 안 만날 거야, 그러니까 용서해 줘, 제발 용서해 줘, 제발, 제발 부탁이야.

나는 히마리 씨가 왔었다고 말했을 뿐이지 화가 났다느니, 사과해 달라느니, 절대 용서하지 못한다느니, 그런 말은 한 적도 없는데. 신이 엉엉 울면서 그렇게 말하는 걸 듣고는, 분명 계속 나에게 미안한 마음을 가지고 히마리 씨를 만난 거구나, 하는 생각이 들면서 신이 가여워졌습니다, 하지만 어째서인지 나는 식칼을 들고 우는 아빠를 떠올려 버렸습니다. 신은 또렷한 쌍꺼풀이 진 가로로 긴 눈매와 살짝 곱슬기가 도는 머리카락이 특징인 예쁜 얼굴이라 아빠하고는 전혀 닮지 않았는데도 어른 남자가 우는 모습에서는 박력이 느껴져서, 최소한 어릴 적 얼굴이 어딘가에 남아 있다면 좋겠다고 생각했지만 전혀 찾아볼 수 없었습니다. 히마리 씨가 우는 모습은 아름다웠는데, 하고 생각하며 나는 신을 바라보았습니다. 바라보면서 그제야, 그제야 비로소 나는 내가 신을 전혀 사랑하지 않는다는 걸 알았습니다.

무슨 뜻이죠?

그렇게 말하는 도무라 씨의 눈동자는 아마도 지금까지 본 것 중에서 가장 놀란 기색을 띠고 있었습니다. 마치 정체 모를 무언가를 보는 눈으로 도무라 씨는 나에게 물었습니다.

그냥 말 그대로예요, 나는 신을 연애 대상으로 사랑한 게 아니었어요. 소중한 존재였지요, 아기 때부터 알았고 제 손으로 키운 거나 마찬가지였으니까요. 결과적으로 사야 언니의 말이 옳았어요, 안아주고 이유식을 먹이고 기저귀를 갈아주며 키운 조카와 어떻게 연인이 되겠어요. 신이 나에게 품었던, 히마리 씨가 신에게 품었던 그런 감정이 내 안에는 없었어요. 히마리 씨가 신과 몇 번이나 관계를 맺었다고 들었을 때 아무렇지도 않았던 것도, 상처받지 않았던 것도, 애초에 내가 신을 그런 의미로 사랑하지 않았기 때문이었어요. 신이 울면서 매달리는 모습을 보았을 때도, 아무 감정도 느끼지 못했어요. 하지만 그건 전부 내가 저질렀고, 저지르게 했던 일의 결과였어요. 나는 그 사실도 깨달았습니다. 나는 아마 신을 돌보았을 때부터 아주 오랜 시간을 들여서 신이 나를 사랑하도록 꾸몄던 거예요. 나를 잃을지도 모른다는 두려움만으로도 그토록 흐느낄 정도로, 너무 사랑해서 몸서리칠 정도로. 이미 그것은 사랑을 넘어선 다른 무언가였는지도 모릅니다. 스물다섯 살에 융합수술을 받아서 영원히 변하지 않게 된 이 외모 덕분이겠지요. 시선이나 말이나 웃음이나 행동거지나 혹은 그 전부로 신이 나를 사랑하도록, 나 없이는 못 살도록. 히마리 씨도 그랬고, 신이 나에게 했던 말 중에 좋아한다는 말 다음으로 많이 했던 말이 '사랑스럽다'는 말이었어요. 아빠도 자주 그 말을 했거든요. 나는 어딘가에서 어른이 되지 못하고 계속 어린 채로 남아서 그런 나 자신을 자각하며 행동했고, 신 앞에서는 더욱 그랬어요. 그건 남에게 사랑받고 싶었기 때문에, 소중하게 여겨진다는 게 무엇인지 오래전부터 계속 생각해 왔기 때문에. 아빠한테 당했던 건 학대이고 착취였는데, 결국 나는 아빠하고 같은 짓을 저질러서 신을 착취했어요.

신의 인생을 망쳐버렸어요, 관계를 가지는 것보다 더 끔찍한 일이라고 한 건 그런 뜻에서였어요, 왜냐면 내가 그렇게 신을 착취하지 않았다면 신은 히마리 씨와 결혼했을지도 모르니까요, 신이 예순 살이 넘었을 즈음부터 해바라기를 키우는 걸 보고 더욱더 그런 생각을 했어요. 해바라기를 보는 신은 왠지 그리움에 젖은 표정이라, 히마리 씨를 떠올리고 있다는 걸 금방 알 수 있었어요. 하지만 신에게 존재했을지도 모르는 인생을 전부 내가 망쳐버렸다고요, 그런데도 나를 돌아본 신은 아주 다정하게 웃으며 나를 껴안아요,

(   )는 오늘도, 정말, 정말 사랑스러워.

일단 하던 이야기로 돌아와서, 계속 흐느끼는 신을 보며 나는 어떻게 해야 할지 이미 알고 있었습니다, 나는 신을 껴안고 미안하다고 말했습니다.

내가 이런 몸이라 섹스하지 못해서 미안해, 다 나 때문이야.

그러자 신은 더욱 서럽게 흐느끼기 시작했습니다.

아냐, 아니야, 아니라고, 내 잘못이야, 전부 내가 나약해서야, (   )가 그렇게 말하게 해서 미안해, 이제 절대로 다른 여자하고 섹스 안 할게, 약속할게, 그러니까 정말 미안

해, 용서해 줘, 사랑해.

껴안고 있던 덕에 신이 내 표정을 보지 못해서 다행이었습니다. 하지만 팔을 풀고 눈물로 얼룩진 신에게 입을 맞출 때 나는 평소와 다름없는 미소를 지었습니다, 나는 내가 어떻게 웃으면 신이 기뻐하고, 나를 사랑스럽다고 느끼는지 잘 알고 있었거든요.

나도 사랑해, 신.

그의 말과 결코 같은 의미가 아니었지만 그렇게 말하자 신은 울면서 더욱더 나에게 매달려서, 미안해, 고마워, 사랑해, 하고 반복해서 말했고, 나는 어린애를 달래듯 신의 등을 쓰다듬고, 또 쓰다듬으면서 책임져야 한다고 생각했습니다. 책임지고 신이 죽을 때까지 곁에 있겠다, 같은 감정을 갖지 못하더라도 연인인 척 살겠다, 사랑하지 않아도 사랑하는 시늉을 하겠다고.

거기서부터 신이 세상을 떠날 때까지의 60년은 눈 깜짝할 새에 간단히 흘러갔습니다, 지금까지 해왔던 일들을 철저하게 재현하고 반복했으니까요, 그것밖에 할 수 없었습니다. 시간이 흘러가면서 나는 연인뿐 아니라 딸 역할도 하게 되었습니다, 신은 영원히 젊은 연인의 존재를 기뻐하면서도 종종 나를 딸처럼 대했습니다. 한번은 혼자 밖으로 나가 산책하던 중에 발견한 야생 원숭이에게 무심코 다가갔다가 물리는 일이 있었는데, 그때는 밖에 나가지 말라고 호되게 야단을 맞았습니다. 신이 일흔 살이 지났을 즈음부터는 아침마다 내 머리카락을 빗어주면서, 묶어주기도 하고 땋아주기도 하면서 꾸며주었어요. 혼을 낼 때도, 훈계를 할 때도, 사랑스럽다고 예뻐할 때도. 신은 그 어떤 상황에서도 즐거워 보였고, 딸이 어떤 존재인지 잘 아는 나는 이 역시 재현해 냈습니다. 신에게 사랑받는 건 따스하고 보드라운 강보에 싸여 영원히 낮잠을 자는 느낌이라 그 나름대로 편안하기는 했습니다. 말하자면 아무것도 생각하지 않아도 됐던 거예요, 나는 그렇게 신의 시간을 모조리 **빼앗았**습니다.

이내 백 살에 가까워져서 드디어 할아버지가 된 신은 조금씩 몸 곳곳이 움직이지 않게 되었는데도 노화와 죽음을 받아들였는지 딱히 치료도 하지 않았습니다, 마지막 순간에는 내 손을 잡으며 고마워, 행복했어, 라고 연신 말했습니다. 나는 저도 모르게 정말? 하고 물었습니다.

정말 행복했어?

그랬더니 신은 모든 걸 아는 듯 미소 지으며,

이것저것 다 합쳐서 (   )는 내 인생 그 자체였어.

그렇게 말하더니 신은 잠시 후 잠자듯 숨을 거두었고, 나는 신의 시신을 정원의 해바라기 밑에 묻었습니다. 스치며 지나가는 바람에 해바라기들이 흔들리는 모습을 바라보며 몇 달을 보냈고, 그러던 어느 날 나는 가족사를 떠올리고 집에 남은 종이란 종이는 모조리 꺼내서 기록하기 시작했습니다. 무엇이든 할 일이 있다는 건 정말 좋은 일이지요, 하지만 쓰다 보니 누군가와 이야기하고 싶어져서 여행을 떠나기로 한 거예요. 나 혼자 쓰는 걸로는 한계에 이르렀으니까.

있잖아요, 나는 계속 이 이야기를 누군가에게 하고 싶었어요, 누군가 제대로 된 어른이 들어줬으면 했다고요, 아빠에게 이런저런 일을 당했을 때 너무 싫었어요, 중간부터 포기했지만 어쨌든 싫다는 느낌은 계속 있었고 이런 인간만은 되고 싶지 않다는 본보기가 바로 곁에 있었기에, 당연하게도 나는 그렇게 되지 않을 거라고 생각했다고요. 그리고 융합수술을 받아 아이를 갖지 못하게 되었을 때는 진심으로 안도했어요, 내 몸이 나만의 것이 되었다는 감각과 이로써 평생 누군가의 부모가 되지 않아도 된다는 생각에서요, 하지만 사야 언니가 신을 데려온 날, 신은 정말 사랑스러웠어요, 나를 보면 언제든 어떤 순간에든 웃어주고 품에 안으면 얼마나 좋아하는지, 손뼉을 치고 발까지 두드리며 기뻐했어요, 아이는 세 살까지 평생 효도를 다 한다는 말이 있잖아요, 나는 신의 부모가 아니지만 이 말을 실감했어요. 하지만 신은 쑥쑥 커서 어느샌가 내가 아닌 다른 사람을 사랑했어야 하는데, 선물을 반드시 두 개씩 줌으로써, 무슨 일이 있어도 신의 편이 되어줌으로써, 외로울 때 안아줌으로써, 신이 누구보다도 소중하다고, 좋아한다고 몇 번이고 속삭임으로써, 나만은 아라타가 아니라 신이라고 부름으로써, 나는 마치 세뇌하듯 신이 나를 평생 사랑하도록 만들었고 신의 인생을 빼앗았습니다, 신에게 사랑받아도 나는 그 사랑에 답해줄 수 없음을 알고 있었으면서요, 나는 왜 태어난 걸까요, 이제 와서 그런 생각은 하지 않지만 그래도 곱씹는 건, 도대체 나는 왜 그런 짓을 저질렀느냐는 것입니다, 아빠는 자주 나에게 아빠 좋아? 하고 물었습니다, 내가 아빠 좋아, 하고 대답하면 아빠는 무척 기뻐했죠, 나도 신에게 똑같은 질문을 몇 번이나 했습니다,

신, 내가 좋아?

아이에게서 애정을 착취하는 건 평생, 평생, 평생, 하면 안 될 일이라고, 아빠에게 당한 일을 통해 잘 알고 있었습니다, 하지만 나는 신에게 같은 짓을 저질렀습니다, 그리고 나는 더욱 교묘하고 악질적이었습니다, 신에게 처음 고백을 받았을 때 나는 분명히 말해야 했습니다, 신은 어른이 되면 사귀어 달라고 말했지만 내 안에서 신이 어른이 되는 일은 없을 거다, 부디 사랑은 다른 사람과 해라, 그럴 수 있다, 너는 언젠가 반드시 다른 사람을 사랑할 수 있을 거다, 그런데 왜 말하지 않았을까요, 왜 이런 일이 일어났을까? 나는 계속 생각했어요, 내가 그 아빠라는 사람의 딸로 키워졌기 때문에? 학대하거나 아이에게서 애정을 착취하는 사람에게 키워진 아이는 언젠가 누군가를 학대하고 애정을 착취하는 사람이 된다, 그건 전염병이나 저주에 걸리는 것처럼 점점 전염되는 게 아닐까, 하지만 모두가 다 그런 건 아닐 테고, 나는 처음 신을 만났을 때 이미 인간이 아니었는데? 융합수술을 받고 이런저런 것들, 배설물, 피, 땀, 타액, 눈물, 나의 모든 액체부터 사려 깊음, 강인함, 유연함, 어른으로서의 나, 존재했을지도 모를 인생까지 모두 내 안에서 사라졌는데, 다른 사람에게 진실된 사랑을 받고 싶다는 마음은 왜 사라지지 않은 걸까요, 남아 있는 인간의 뇌가 잘못된 걸까요, 적어도 신이 주었던 것과 같은 애정을 줄 수 있었다면 그나마 나았을 텐데, 하지만 무슨 수를 써도 그럴 수 없었습니다, 결국 융합수술을 받았기 때문일까? 하고도 생각했지만 아마 나는 원래 이런 사람이겠죠, 오랫동안 나를 포함해 다들 죽어버리면 좋겠다고 생각했어요, 아빠도, 고 오빠도, 마리 언니도, 사야 언니도, 그러니까 가족들이 하나둘 세상을 떠났을 때도 드디어 죽었구나, 하고 생각했을 뿐, 슬픔이나 괴로움 같은 감정은 하나도 느끼지 못했다고요, 신이 죽었을 때만 나는 지금까지 경험한 적 없는 감정에 휩싸였습니다, 하지만 딱히 눈물이 나지는 않았고 뇌만 깜빡거리는 느낌일까요.

이야기가 길어졌는데, 인간에서 인간으로 전파되어 감염과 확산을 반복하는 무언가가, 내 힘으로는 어쩔 도리가 없는 무언가가, 태어나서 삶을 살아가는 동안 존재하는 걸까요, 나로서는 어떻게 할 수 없었던 걸까요, 타임머신 같은 게 있어서 그걸 타고 과거로 돌아간다면 그곳에는 아직 앞으로 무슨 일이 일어날지 모르는 내가 있고, 그런 나에게 지금의 나는 아무것도 해줄 수 없는 걸까요, 나는 또다시 신에게 똑같은 짓을 저지르고 말까요, 아빠라는 인간에게 키워진 시점부터 피할 수 없는 일일까요, 그렇다면 모두 아빠 탓으로 돌리면 편할 텐데, 하지만 정말 방법이 없었던 걸까요? 언젠가 어떤 동영상을 본 적이 있어요, 쇼기 대국이 끝나면 감상전이라는 걸 한대요, 쇼기 기사끼리 모여서 이 국면에서 다른 수가 없었을지 함께 복기하며 검토한다는데, 이때 다른 수가 없었을까요, 음, 하고 기사들이 고개를 갸웃거리고 있으면 가끔은 관전 기자들이 옆에서, 인공지능은 무슨 무슨 수를 추천했습니다, 하면 기사들은 고민하기도 하고 수긍하기도 하고, 아니, 인간은 그런 수를 놓을 수 없어요, 하고 말하기도 하고, 딱히 인생이 쇼기는 아니지만, 제시한 길을 어차피 인간은 선택할 수 없을지도 모르지만, 하지만 달리 방법이 없었을까요? 도무라 씨는 아시나요? 내가 신의 인생을 빼앗지 않기 위해 어떻게 했어야 할까요?

    아라타 씨에 관한 기억을 지우는 건 어떨까요?

    네?

    도무라 씨가 아무것도 아니라는 듯 말하는 걸 보고 나는 입이 떡 벌어졌습니다, 분명 얼빠진 표정을 지었을 겁니다. 도무라 씨는 여전히 미소 지었고, 딱히 내가 싫어진 것 같지는 않아 보였습니다. 하지만 그렇기 때문에 나는 안도와는 아주 거리가 먼 기분에 휩싸였습니다.

이야기를 들은 결과, 그렇게 하는 게 (　) 씨에게 가장 좋을 것 같다는 판단을 내렸습니다. 물론 억지로 강요하는 건 아닙니다. 하지만 (　) 씨가 가진 문제는 상담으로도 해결이 어려운 것이며, 단적으로 말하면 생각한다고 답이 나오는 문제가 아닌 듯합니다. 유감스럽지만 우리가 가진 기술로도 과거로 돌아가 일어난 일을 바꿀 수는 없습니다. 그러니 아라타 씨의 인생을 빼앗지 않기 위해 어떻게 했어야 했을까, 라는 물음에 답을 구하려는 시도 자체가 거의 무의미합니다. 중요한 건 (　) 씨가 앞으로 더 나은 삶을 살아가는 것이며 우리는 기술적으로 그 일을 도울 수 있습니다. 과거의 경험은 모두 배움이 됩니다. 우리가 무언가 잘못을 저지른 뒤에 반성하는 것은 같은 잘못을 저지르지 않기 위해, 앞으로 나아가기 위해 중요한 일이지요. 하지만 언제까지나 후회하면서 스스로를 괴롭히는 건 본말이 전도된 것이나 마찬가지예요. (　) 씨는 이미 충분히 고통받았어요. 자기 자신을 용서하고 망각하는 건 결코 잘못된 일이 아닙니다. 가장 우선시되어야 하는 것은 무엇보다 (　) 씨 자신의 행복이에요. 거부감이 드신다면 기억을 지우는 대신 조정하는 것도 가능합니다.

조정이요?

네. (　) 씨의 뇌 속 메모리에서 기억을 추출해서 필요한 부분을 조정한 다음 새로운 뇌에 반영하고, 새로운 몸과 함께 (　) 씨에게 제공하는 방법입니다. 이를테면 아라타 씨가 히마리 씨와 결혼해 (　) 씨와는 어디까지나 이모와 조카로서 좋은 관계를 이어갔다는 식으로요. 원하신다면 어머니의 죽음도, 아버지의 학대도, 형제들과의 불화도 적절하게 조정하겠습니다. 가족의 기억을 모두 소거하고 싶다면 전혀 다른 기억을 생성할 수도 있고요. 어떠한 방향으로도 모순이나 혼란이 발생하지 않도록 세심하게 주의를 기울여 조정할 테니 안심하셔도 됩니다.

그건…… 그건 좋은 일일까요, 그렇게 모든 걸 잊고 나 혼자 행복해져도 되는 걸까요?

그럼요. 이 세상에 행복해지면 안 되는 사람은 없어요. 우리가 보유한 모든 기술은 우리 모두를 행복하게 만들기 위해 존재하니까요. 우리가 (   ) 씨에게 제공할 새로운 뇌는 슬픔을 최소한으로, 기쁨은 최대한으로 느끼게 해줄 겁니다. 조정은 강요가 아니라 어디까지나 제안입니다. 하지만 예전에도 말씀드렸다시피 이대로라면 (   ) 씨의 몸은 언젠가 동작을 멈추고 말 겁니다. 그 전에 새로운 몸에 뇌를 이식한 뒤에 여러 가지 처치를 해야 하죠. 그 과정에서 약간이긴 하지만 원래의 기억이 사라질 가능성이 있습니다. 그러한 경우에는, 죄송하지만 우리 쪽에서 조정한 기억을 반영하겠습니다. 그리고 이미 아시겠지만 앞으로 우리 공동체에서 생활하기 위해서는 필수적으로 뇌와 인공지능을 융합해야 합니다. 이 두 가지 사항에 대해서는 미리 양해를 부탁드립니다.

도무라 씨의 말에 나는 101년 전, 융합수술을 받았을 때 썼던 동의서를 떠올렸습니다. 이번에 죽을지도 모르는 건 나의 기억인 것 같습니다. 인공지능과 융합하면 느끼는 것, 떠올리는 것, 생각하는 것도 앞으로는 분명 다른 느낌이 되겠지요.

만일 우리 공동체에 들어오신다면, 우리는 모든 노력을 기울여 (   ) 씨가 행복한 인생을 보내실 수 있도록 돕겠습니다. 지금까지 경험한 괴로운 일들은 두 번 다시 겪지 않도록 해드리겠다고, 공동체의 명예를 걸고 약속합니다.

도무라 씨의 이야기를 듣고 나서 조금 생각해 봐도 될까요? 하고 묻자 도무라 씨는 네, 물론입니다, 하고 흔쾌히 수긍했습니다. 23일까지 어떻게 하실지 알려주시면 감사하겠습니다, 라고 하길래 알겠습니다, 감사합니다, 하고 인사하자, 도무라 씨는 아뇨, 저야말로 감사합니다, 그럼 실례합니다, 라고 했어요.

그리고 도무라 씨는 한 번도 돌아보지 않고 방을 나갔고 문은 그대로 잠겼습니다. 나는 왠지 머리가 멍해져서, 그럴 리 없는데 무척 지쳐버린 느낌이라 침대에 누워서 도무라 씨에게 했던 말, 도무라 씨에게 들은 이야기를 곱씹으며 어차피 잠들지 못할 테지만 눈을 감았습니다.

그랬더니 오랜만에 꿈을 꾸었습니다. 사실이라면 꿈을 꿀 리가 없는데, 말하자면 내 머리에서 고장나려는 부품이 일으킨 버그 같은 것이었을지도 모릅니다. 아니면 도무라 씨와 이야기를 나눠서 영향을 받은 걸까요. 분명히 눈을 감고 있었을 텐데 정신을 차려 보니 나는 모르는 마을에 있었고, 손에 커다란 병을 들고 공중에서 너울거리는 해파리를 잡으며 걸어가고 있었습니다. 옆에는 낯선 여자가 있었는데, 우리는 같이 미술관에 가서 그림을 보았습니다, 내가 아름답다고 말하자 여자는 웃었고, 그 사람을 보았더니 나였습니다. 나는 나와 서로 마주 보았고, 꿈은 계속되었습니다.

이내 꿈의 세계는 멀어졌고 눈앞이 캄캄해지면서 어느샌가 원래 방에 돌아와 있었습니다. 나는 침대에 누워 있었고 실내는 고요했습니다. 그로부터 오늘까지 누가 찾아오지도 않았고, 실내는 여전히 고요하며 꿈을 꾸지도 않았습니다, 하지만 이러는 지금도 나는 그 꿈에 대해 계속 생각하고 있습니다.

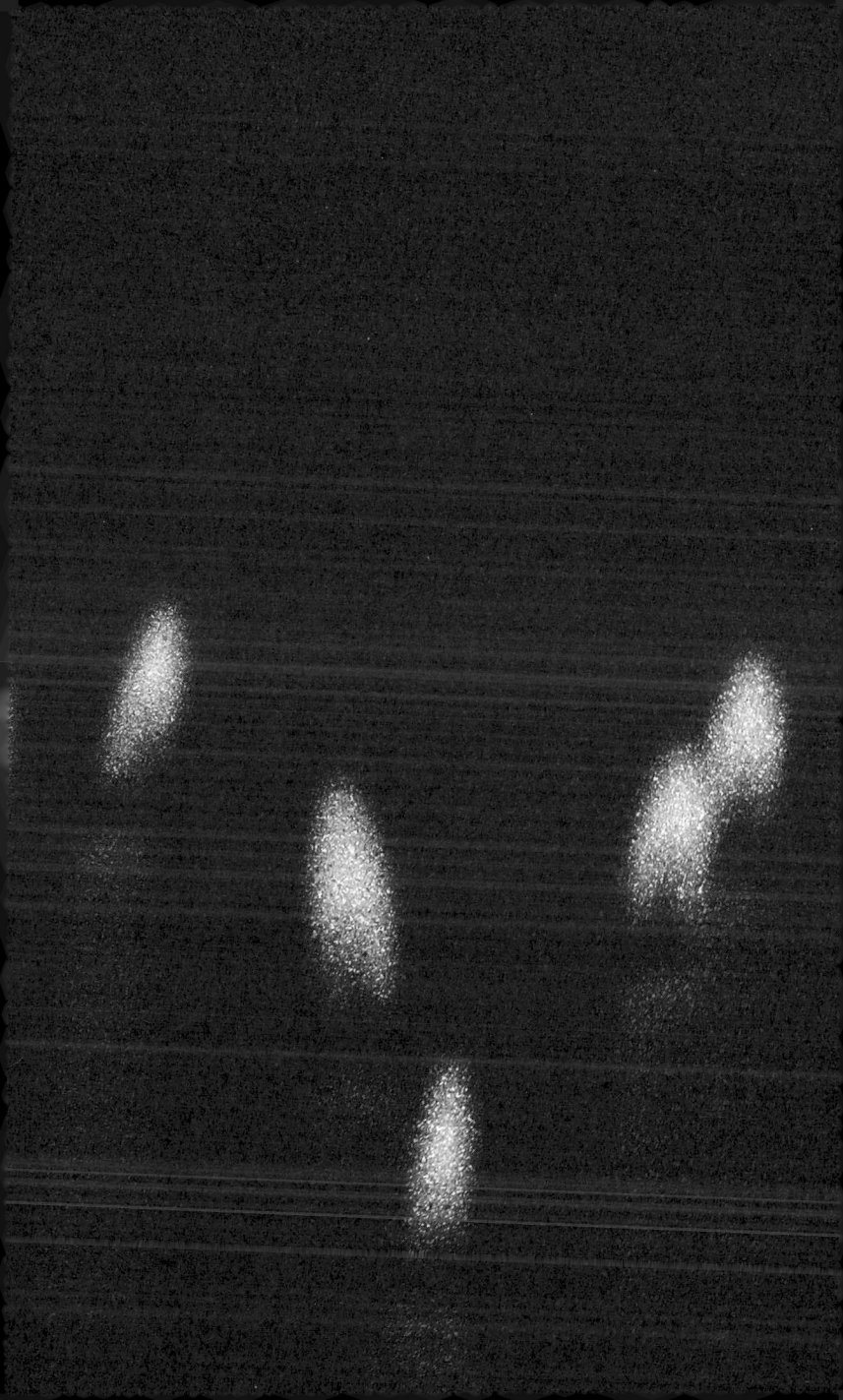

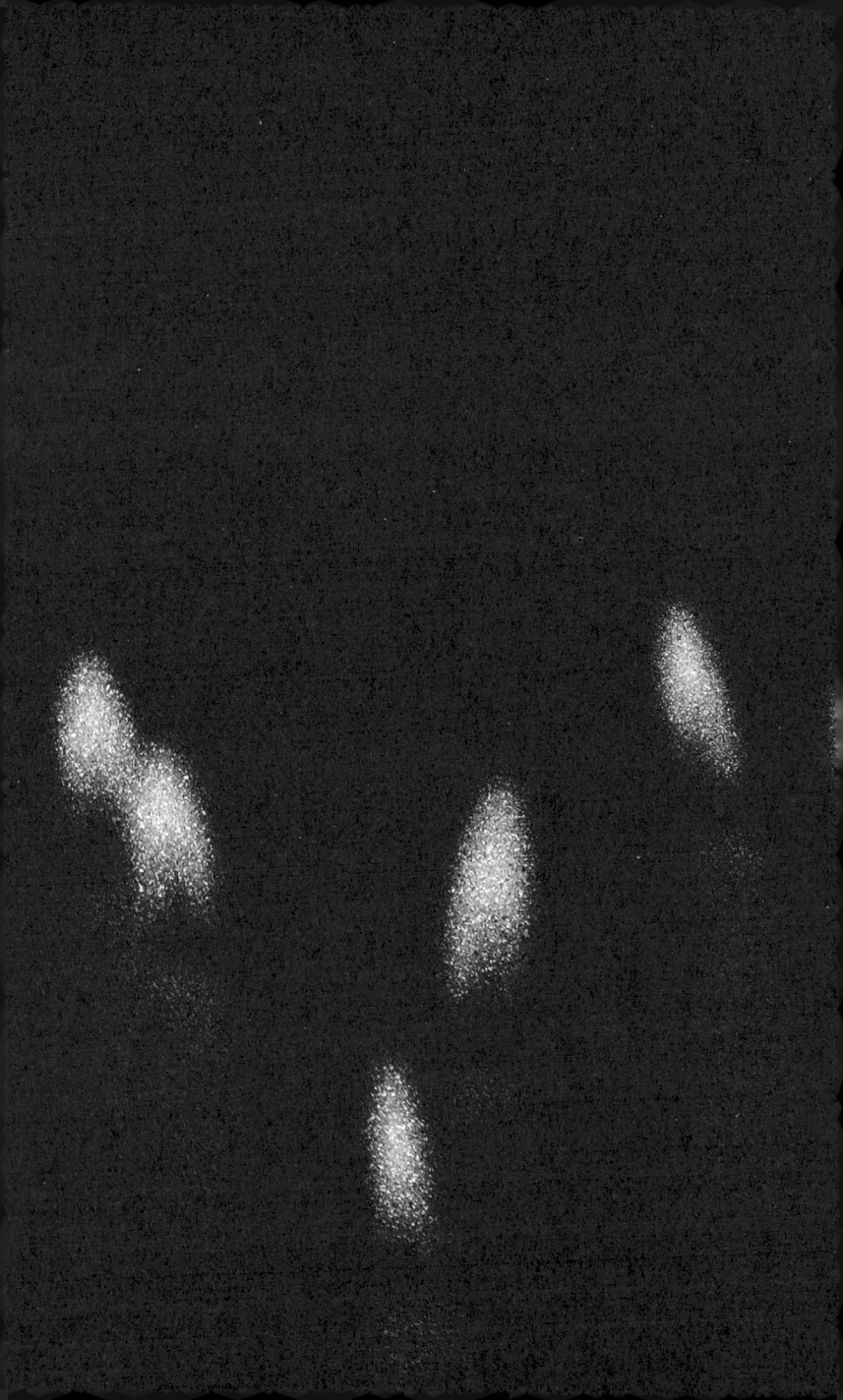

3

 인생에서 단 한 번이라도 좋으니까, 잘못하지 않았다고 생각할 수 있는 일을 하고 싶어.

 브렌던 씨가 예전에 영화에서 했던 대사는 지금 조금 변형되어 내 목소리를 타고, 하지만 중얼거림이라 공기 중에 녹아듭니다, 이렇게 계속 떠들어도 주변에는 아무도 없어서 나에게만 들립니다. 지금은 12월 26일, 이곳은 일본의 어딘가. 하늘을 올려다보면 별이 반짝입니다. 도무라 씨와 사람들이 탄 우주선도 한참 전에 별빛에 섞여 보이지 않게 되었습니다. 우주선은 아름다웠습니다, 옛날과는 달리 연기 같은 것도 별로 나오지 않아요, 환경을 생각해서 설계된 로켓이라고 합니다.

도무라 씨는 정말 괜찮겠어요? 하고 나에게 물었습니다. 사흘 전에 나는 방으로 찾아온 도무라 씨에게 우주선에는 타지 않고 지구에 남겠습니다, 하고 말했기 때문에 도무라 씨는 살짝 눈썹을 꿈틀하며 이유를 여쭤봐도 될까요? 하고 물었습니다. 나는 무엇을 어디서부터 이야기할지 망설였지만, 분명 이것이 도무라 씨와 나누는 마지막 대화일 테니 지금까지 그랬던 것처럼 머릿속에 떠오른 것부터 단숨에 이야기했습니다. 그것이 아까 중얼거렸던 말이었습니다.

인생에서 단 한 번이라도 좋으니까, 잘못하지 않았다고 생각할 수 있는 일을 하고 싶어요. 나는 일전에 도무라 씨에게 행복해져도 된다, 행복해지면 안 되는 사람 같은 건 이 세상에 없다는 말을 듣고 무척 기뻤어요, 고마웠어요. 자신을 용서하고 망각하는 건 앞으로 살아가기 위해서는 무척 중요한 일이라고 생각해요. 그러지 않으면 인간은 살아갈 수 없으니까. 하지만 나는 이제 그다지 살고 싶은 마음이 없으니까요, 몸이 망가져 못쓰게 된다면 그에 따르려고 해요. 가능하다면 앞으로 신과 함께 살았던 집으로 돌아가 해바라기 밑에서 움직이지 못하게 되고 싶지만 그 전에 끝난다면 그건 그거대로.

그것이 ( ) 씨가 정말로 잘못하지 않았다고, 잘했다고 생각할 수 있는 일인가요? 저에게는 ( ) 씨가 자포자기한 것처럼 들리는데요.

도무라 씨는 조용히 나를 바라보았습니다. 나는 분명 도무라 씨라면 그렇게 말하겠다고 생각했습니다. 어떻게 하면 전할 수 있을까요. 어떻게 해야 이해해 줄까요? 차라리 우주에 가는 게 무섭다, 그런 적당한 이유로 얼버무릴까 생각도 했어요, 하지만 도무라 씨는 지금까지 진지한 태도로 나를 대해주었고 지금까지 나를 이렇게 대해준 사람은 없었기 때문에 어설프더라도 내 생각을 전부 말하고 싶었습니다. 여기서 도무라 씨와 나 사이에 뭔가 하나라도 서로 쌓아갈 수 있으면 좋겠네. 쇼기의 나가세 선생님에 비하면 보잘것없지만 그 꿈을 꿨을 때 생각한 것과 떠오른 것을 생각하고 또 생각해서, 생각한 것을 언어로 바꾸려는 노력을 지금 나 나름대로 하고 싶어.

미안해요, 제가 말을 똑바로 못 했어요. 살고 싶은 마음이 없다는 건 절반은 진심이지만, 나머지 절반은 바라보고 싶어서예요. 나는 신과의 추억과 내가 해온 일들, 내가 저질러버린 일들을 모두 바라보고 싶어요.

( ) 씨는 이미 충분히 아라타 씨와도, ( ) 씨 자신도 피하지 않고 마주했다고 생각하는데요.

음, 마주하는 것과 지켜보는 건 제 안에서 조금 달라요. 나는 아마 이제 마주하고 뭔가를 하는 건 불가능해요. 실은 요전에 꿈을 꿨는데, 내가 어떻게 하면 됐을지 똑똑히 알았거든요.

꿈이요?

네, 꿈인지 버그인지는 잘 모르겠지만 아무튼 꿨어요. 도무라 씨에게도 이야기했던 해파리 사냥 꿈이요. 지난번에는 꿈에서 같이 있던 여자는 어쩌면 히마리 씨일지도 모르겠다고 했었잖아요? 하지만 그게 아니었어요. 그 여자는 나였어요. 또 하나의 나였던 거예요. 그리고 그 꿈은 계속 이어졌는데, 나는 내 손을 잡고 미술관을 나와 영화관에 가서 예전에 대단하다고 생각했던 브렌던 씨의 연기를 보았어요. 그러다 그곳은 이내 콘서트장이 되었고「내일의 밤하늘 초계반」이라고, 내가 좋아하는 노래를 이아라는 프로그램이 부르고 있었어요. 이제 정말 죽을 때가 가까워졌는지 내 몸의 여기저기가 망가지고 있는 것 같아요, 아마 거의 환각 같은 것이라 깜짝 놀랐지만. 그러면서 깨달은 게 있는데, 어쩌면 타임머신을 타고 과거로 돌아갈 수만 있다면요, 융합수술을 받고 후쿠오카의 병원에서 퇴원했던 그날, 나는 아빠를 따라 깊은 산골의 집으로 돌아가려는 내 앞에 나타나서 그대로 내 손을 잡고 도망칠 거예요. 그게 지금 내가 할 수 있는 일이라는 걸 깨달았어요. 더 확실히 말하자면 나는 그날 인간이 아니게 된 기념으로 모든 것을 버리고 어딘가로 떠났어야 했어요. 가족도 고향도 모든 걸 버리고, 어차피 인간이기를 버렸으니 갓 태어난 신도 모르는 채로 누구를 돌보거나 간병할 필요도 전혀 없을 테고, 신이 나를 사랑하게 하는 것보다 내 마음으로 살았으면 좋았을 텐데, 어디든, 어디까지든, 가급적 멀리, 다양한 곳을 여행하며 살아가는 게 분명히, 틀림없이 훨씬 즐거운 인생이었을 테지요. 실제로 이곳까지 걸어오는 중에는 무척 즐거웠어요, 아무한테도 상처를 주지 않고 상처받지도 않고, 그저 낯선 풍경이 펼쳐져서 흥미진진했고, 갈 수 있는 곳이 늘어난다는 건 할 수 있는 일이 늘어난다는 것이라 나는 걸

으며 나 스스로가 넓어지는 느낌을 받았습니다. 내가 그렇게 신을 붙잡아 두지 않았다면 신도 그런 느낌을 경험했겠지요? 그러는 게 분명 서로를 위해서 좋았을 텐데.

하지만 당시의 나는 그런 생각은 꿈에도 못했기 때문에 만일 타임머신이 있다면 그걸 타고 과거의 나에게로 갈 거예요, 과거의 내 손을 잡고 어딘가로 도망쳐서 둘이서 이런저런 재밌는 일들을 할 거예요, 좋아하는 음악을 같이 듣거나, 아름다운 것이나 대단한 것, 모르는 것을 잔뜩 보고, 쇼기 같은 것도 하고. 우리는 서로걸기를 좋아하니까 비차 앞의 보병이 내 쪽 진의 두 번째 줄과 상대 진의 여덟 번째 줄 사이에서 조용히 자리해서, 대전은 대전이지만 전쟁이 아니니까 갑자기 폭탄이 터지지도 않을 테고, 반상에서는 재해도 일어나지 않고 파도에 휩쓸리거나 건물 잔해가 떨어지는 일도 없이 평화롭겠지요. 쇼기를 두다 질리면 또다시 수많은 곳을 여행하다가, 언젠가 어른이 된 신과 길에서 마주치더라도 서로 알아채지 못한 채 스쳐 지나가고.

하지만 지금은 타임머신이 없으니 결국 과거는 바꿀 수 없고, 나는 신의 인생을 빼앗았다는 그 사실을 바라보며 지낼 수밖에 없어요. 이것저것 생각하는 게 아니라 그저 바라볼 뿐이에요. 도무라 씨는 스스로를 용서해도 된다고 했지만, 내 경우에는 아마도 나 자신을 용서하지 않는 것만이 진정한 의미로 나 자신을 용서할 수 있는 방법일 것입니다. 나는 지금까지도, 내가 그렇게나 나쁜 짓을 한 건 아니지 않나? 하는 생각을 몇 번이고 했습니다. 실제로 신은 행복했다고 말하며 죽었으니까요. 하지만 역시 나는, 이 세상에서 나만은 내가 저지른 짓을 똑똑히 바라보지 않으면 안 된다고 생각합니다. 만약 내가 기억을 지우고 모든 걸 잊고 행복해지려고 한다면 나는 점점 나 자신을 미워하게 될 텐데, 나는 더 이상 나를 미워하고 싶지 않아요. 해파리 사냥 꿈에서 만난 사람이 다른 누구도 아닌 나였던 건 분명 나를 구원할 수 있는 건 나밖에 없었기 때문일 거예요. 나는 내 생각으로 움직이고, 나는 내가 보고 듣고 느낀 것들로 이루어져 있고, 나를 바꿀 수 있는 건 나밖에 없으니까요. 그런 의미에서 나는 역시 신에게 구원을 바라서는 안 됐어요, 그리고 어떤 기술이든 나를 구할 수 없을 거예요. 더 빨리 알아챘으면 좋았을걸. 타임머신이 없으니 그때의 나를 구하러 갈 수는 없지만 적어도 내가 할 수 있는 일로 현재와 앞으로 움직일 수 없게 될 때까지의 나를 구하고 싶어요, 인생에서 단 한 번이라도 좋으니까 잘못하지 않았다고 생각하는 일을 해서 말이에요. 그러니까 미안해요, 우주에는 함께 못 가요, 지금까지 나한테 잘해줘서 고마웠어요.

고개를 숙이는 동작만으로 몸이 삐걱거리는 느낌이 들어서 생각보다 빨리 움직이지 못하게 될지도 모른다고 예감하며, 도무라 씨를 보았더니 어째서인지는 모르겠지만 도무라 씨는 지금까지 본 모습 중에서 가장 사랑스러워 보였습니다, 눈을 동그랗게 뜬 모습이 어린아이처럼 보이기도 했습니다. 아마 내 마음이 잘 전해지지 않은 거겠지, 하지만 하고 싶은 말은 했다, 하고 생각하고 있는데 도무라 씨가 후, 하고 숨을 내뱉으며 나를 바라보았습니다.

죄송합니다. 잘 이해하지 못했어요.

아, 왠지 옛날 생각이 나는 말이다. 도무라 씨도 이런 말을 하는구나. 그런 생각을 하고 있는데 도무라 씨는 역시 나와 달리 이렇게 말을 이었습니다.

하지만 지금 이야기를 듣고 (   ) 씨를 더 이상 설득하는 건 불가능하다고 판단했습니다. 기술이 (   ) 씨를 구할 수 없다고 하신 말씀에 대해서 나는 부정하고 반박해야만 합니다. 그 주장을 인정할 수는 없습니다. 우리 공동체의 근간을 뒤흔들 수 있는 일이니까요. 하지만 지금 제 모든 지식을 가지고도 곧바로 반박할 말을 찾을 수가 없군요. 이유조차 모르겠습니다. 이 건은 가급적 찬찬히 검토하고 싶지만 그럴 시간이 없습니다. 따라서 무척 유감스럽지만 (   ) 씨의 뜻은 잘 알겠습니다. 저야말로 감사했습니다. 잘 지내시기를.

아마 그것이 내 인생에서 가장 기뻤던 때일지도 모르겠다는 생각이 드네요. 전해지지 않았더라도 왠지 소통에 성공한 느낌이 들어서 나는 조금만 더 도무라 씨와 함께 있고 싶다는 기분이 들었습니다. 하지만 우리는 악수를 하고 헤어졌습니다. 나는 마을 밖으로 나가 우주선이 날아오르는 모습을 멀리서 지켜보았습니다. 도무라 씨, 부디 건강하시길, 부디 도무라 씨와 동료들이 무사히 새로운 별에 도착해 살아남을 수 있기를, 들리지는 않겠지만 기도했습니다. 지금은 새벽의 앞, 하지만 해 질 녘처럼 하늘이 붉게 물들어서 실제로는 아침인지 저녁인지 분간이 안 되는, 무척 아름다운 풍경이 펼쳐지고 있습니다.

사실 도무라 씨에게 거짓말을 하나 했습니다. 나는 이제 규슈의 그 집으로 돌아갈 생각은 없습니다, 앞으로 몸이 움직이지 않을 때까지 다양한 곳들을 여행하고 싶습니다. 어디에 갈지는 정하지 않았고 기분에 따라 가보려고요. 모든 것이 뒤늦은 후회뿐이었지만 마지막으로 나는 나 자신으로서 행복해지고 싶네. 도무라 씨에게 했던 이야기들은 아직 탁상공론일지도 몰라서 직접 확인해 보고 싶어요, 누군가에게 사랑받는 것보다 멋진 일이 있다는 것을 분명 어딘가에서 발견할 수 있을 거라고요. 하지만 아까 도무라 씨와 이야기하면서 느낀 건 역시 나는 이야기하는 걸 좋아한다는 것. 누군가와 이야기하면서 갈 수 있으면 더 좋겠지만 그것도 어떻게든, 나 혼자서라도 할 수 있으면 좋겠지. 그리고 마음이 움직일 수 있는 것을 많이 찾을 수 있으면 좋겠어요. 언젠가 운 좋게 또다시 어딘가에서 누군가와 만나면 그때는 친구가 되고 싶어요, 아마 친구가 제일 좋겠다, 가족보다 연인보다 소중히 대할 수 있을 것 같다. 하지만 일단은 나 자신과 친구가 되는 것부터 시작해야지.

    신, 아니, 아라타.

    처음으로 이렇게 불러보네요. 더 일찍 이렇게 했어야 하는데.

    아라타, 지금까지 정말 미안해요.

나는 아라타에게 저지른 일들을 바라보며 마지막의 마지막 순간까지 살아가겠습니다.

하지만 나하고 많은 이야기를 나누어준 것, 그것은 정말 고마웠습니다.

그럼 안녕히.

옮긴이의 말

『여기는 모든 새벽의 앞』은 제11회 하야카와SF콘테스트에서 특별상을 수상한 작품으로, 제37회 미시마유키오상 후보에 오르며 장르의 경계를 넘어 주목받았다. 기존 하드 SF와는 다르게 새로운 SF의 가능성을 보여주는 작품이다.

갖가지 재해와 인구 감소로 멸망해 가는 2123년의 일본을 배경으로 하는 이 작품은, 100년 전 우울증과 섭식장애로 자살 충동에 시달리던 '나'가 아버지에 의해 강제로 융합수술을 받고 기계화된 인공 신체를 가지게 된 후, 가족사를 쓰며 자신의 기억을 되짚어가는 이야기다. 포스트휴먼

시대의 인간 존재 조건을 탐구하는 SF라고 할 수 있다.

포스트휴먼 SF의 형식을 취하고 있지만, 이 작품은 과학적 상상을 바탕으로 사회문제를 다루는 SF장르의 최근 경향과도 맞닿아 있다. 특히 폭력과 소외의 문제를 중층적으로 다룬다. 섭식장애로 자기 몸을 거부하는 '나'를 아버지는 사랑이라는 이름으로 강제로 기계 몸에 가둔다. 폭력의 피해자인 '나'는 연인 신에게 또 다른 가해자가 되고, '나'에게 헌신적인 신은 자신을 좋아하는 히마리에게 폭력을 행사한다. 연쇄적으로 폭력이 맞물린 구조가 인상적이다.

가족 안에서 '쓸모없는 인간'으로 취급받았던 '나'는 융합수술을 받고서도 여전히 불완전하고 소외된 존재다. 100년이 지나서 아버지가 제안한 가족사를 쓰며 '쓸데없는 일'에 집착하는 '나'는, 태어날 때부터 뇌가 인공지능과 결합되어 개인의 향상과 종의 존속을 추구하는 신인류의 가치관에 딱 들어맞는 인간이라고는 할 수 없다. 기계화된 인공 신체를 얻고도 계속되는 이러한 소외 속에서, '나'는 여전히 인간적인 연결을 갈망한다. 100년간 함께했던 신에 대한 감정이 사실은 사랑이 아니라 자신을 이해하고 곁에 있어 줄 '친구'에 대한 갈망이었다는 깨달음은, 소외된 존재가 품는 연결에 대한 욕구를 보여주는 지점이라 할 수 있을 것이다.

이러한 탐구는 소설의 문체적 특징에서도 드러난다. 번역의 한계로 온전히 전달하기 어려운 원문의 뉘앙스를 살리기 위해 부연하자면, 작품의 1부는 거의 히라가나로만 이루어져 있다. 종이에 펜으로 가족사를 기록하는 '나'는 한자가 귀찮다는 이유로 거의 히라가나로만, 온점도 거의 없이 긴 호흡의 요설체로 글을 쓴다. 역사적으로 여성의 문자였던 히라가나는 한자와 다르게 소리 내어 읽는 음독을 요구하는 문자다. 이는 비효율적이고 수다스러운 '나'의 성격을 보여주는 설정인 동시에, 화자의 고독을 드러내는 장치가 된다. 오래도록 홀로 지낸 '나'의 이야기를 누군가 들어주길 바라는 간절함의 구현이며, 소리 내어 읽으며 스스로를 확인하고 받아들이는 스스로 대화하는 과정이기도 하다. 명령 하나로 즉시 텍스트를 생성하는 AI 시대에 한 자 한 자 천천히 읽기를 요청하는 이 문체는 우리에게 자기 자신과의, 그리고 타자와의 진정한 소통이란 무엇인가를 다시 생각하게 한다.

자신과 타자를 향한 이중적인 갈망은 결말에 이르러 하

나로 수렴된다. '나'는 괴로운 기억을 소거하는 걸 거부하고 멸망해 가는 지구에 남아 살아가는 길을 선택한다. 죽고 싶었던 사람에서 '살기'를 선택하는 존재가 된 것이다. 가족과도, 신인류와도 불화하며 '쓸모없는' 존재로 여겨졌던 '나'는, 마침내 '나 자신으로서 행복해지고 싶다'는 소망을 품는다. 언젠가 만날 친구를 꿈꾸지만, 그보다 먼저 자기 자신과 친구가 되고 싶다고. 이는 효율과 합리성, 능력주의의 논리가 지배하는 세계에서 배제된 이들이 그럼에도 자신과 마주해 나가겠다는 선언이다. 폭력과 소외의 연쇄 속에서도 나를, 타인과의 연결을 포기하지 않는 이 쓸모없고 불완전한 존재를 통해, 작품은 진정한 인간적 가치란 무엇인가를 묻는다. AI가 모든 효율을 대신하는 시대, '쓸모없음'이 새로운 조건이 된 우리는 어떻게 '나'로서 살아갈 수 있을까? 그리고 그 길 위에서 만나는 연결의 가능성은 어떤 의미일까? 동시대의 절실한 물음과 공명하는 작품이다.

마지막으로, 이야기를 옮기며 작중에 등장하는 보컬로이드 곡을 오랜만에 들었다. '어떤 노래를 제일 좋아했는지 알려주세요', 작품을 다 읽은 뒤 떠오른 노래는 하츠네 미쿠의 「진흙 속에 피는泥中に咲く」.

여기는 모든 새벽의 앞

초판 1쇄 인쇄 2025년 7월 14일
초판 1쇄 발행 2025년 7월 31일

지은이 마미야 가이
옮긴이 최고은
펴낸이 김선식

부사장 김은영
콘텐츠사업본부장 임보윤
기획편집 채윤지 **디자인** 박영롱 **책임마케터** 양지환
콘텐츠사업2팀장 김보람 **콘텐츠사업2팀** 박하빈, 채윤지, 김영훈, 박영롱
마케팅2팀 이고은, 양지환, 지석배
미디어홍보본부장 정명찬 **브랜드홍보팀** 오수미, 서가을, 김은지, 이소영, 박장미, 박주현
뉴미디어팀 김민정, 정세림, 고나연, 변승주, 홍수경
지식교양팀 이수인, 염아라, 김혜원, 이지연
편집관리팀 조세현, 김호주, 백설희 **저작권팀** 성민경, 이슬, 윤제희
재무관리팀 하미선, 임혜정, 이슬기, 김주영, 오지수
인사총무팀 강미숙, 이정환, 김혜진, 황종원
제작관리팀 이소현, 김소영, 김진경, 이지우, 황인우
물류관리팀 김형기, 김선진, 주정훈, 양문현, 채원석, 박재연, 이준희, 이민운

펴낸곳 다산북스 **출판등록** 2005년 12월 23일 제313-2005-00277호
주소 경기도 파주시 회동길 490
대표전화 02-704-1724 **팩스** 02-703-2219 **이메일** dasanbooks@dasanbooks.com
홈페이지 www.dasanbooks.com **블로그** blog.naver.com/dasan_books
종이 신승아이엔씨 **인쇄** 한영문화사 **코팅 및 후가공** 제이오엘엔피 **제본** 국일문화사
ISBN 979-11-306-6838-3 (03830)

- 책값은 뒤표지에 있습니다.
- 파본은 구입하신 서점에서 교환해 드립니다.
- 이 책은 저작권법에 의하여 보호를 받는 저작물이므로 무단 전재와 복제를 금합니다.

> 다산북스(DASANBOOKS)는 책에 관한 독자 여러분의 아이디어와 원고를 기쁜 마음으로 기다리고 있습니다.
> 출간을 원하는 분은 다산북스 홈페이지 '원고 투고' 항목에 출간 기획서와 원고 샘플 등을 보내주세요.
> 머뭇거리지 말고 문을 두드리세요.